U0080345

輕圖解！

5 天速學

羅馬拼音 + 中文拼音 + MP3 inside

金龍範 著

韓語發音

山田社
Shan Tian She

開始 需要機會，但想 持續 就需要方法！
突破 魔咒！這樣學吧！
輕圖解 一下，帶您輕鬆學會發音、單字及會話，
只要 5 天，學韓語就是這麼簡單！

您的哈韓世界早就開始了！但學韓語，不是很難抬起第一步，要不然就是老原地踏步？想要擺脫「凡事起頭難」及「頭燒燒，尾冷冷」的痛苦魔咒！就讓我們來助您一臂之力吧！

本書精彩快問快答，讓您知道學韓語就是這麼簡單！

Q：每個韓文字都太像啦，感覺好難喔？

A：圖解一下造字原則！只要了解字源，其他都是字源拼出來的，超好學！

　　韓文字的母音有圈、有線、有點，組合起來好方正！據說那是創字時，從雕花的窗子，得到靈感的。圈圈「ㅇ」代表太陽（天），橫線「一」代表地，直線「I」是人，這可是根據中國天地人思想，也就是宇宙自然法則的喔！只要掌握這些母音字源，其他的母音都是字源拼出來的，真的超好學！

　　韓文字的子音，是在創字的時候，模仿發音的嘴形而來的。本書輕圖解一下！告訴您如何利用這些訣竅掌握字源，只要看到圖就能直接聯想文字的寫法！韓文字就是這麼好學、好記！

Q：韓文字都那麼像，發音會不會很難分辨啊？

A：圖解一下發音技巧！加上中文及羅馬拼音小幫手，開始學就偷跑好幾步！

　　您知道嗎？韓文字發音跟我們的拼音很類似，一看就知道怎麼念。許多發音跟我們的注音還可以相互對照！本書輕圖解一下，讓您一看圖上的發音部位與方法，再加上中文及羅馬拼音小幫手，透過小小的訣竅，就能跟韓國人一樣，說起韓語有模有樣。如果再加碼專業韓國老師，精心錄製的朗讀光碟，跟著老師念就更能收事半功倍之效，5 天韓語就說得呱呱叫！

Q：才學發音，可以馬上秀韓語嗎？

A：每個字母發音都有「單字與韓劇流行句」，只要跟著老師「慢→快」念念看。說的就跟韓國人一樣！

　　書中精選韓劇常出現的流行句，請先跟著老師慢慢念，再模仿老師用正常的速度念，只要念三遍，發音、字母一次到位，單字、句子一次學會。您會驚呼，哇！學韓語好快、好簡單！

contents

目錄

韓語文字及發音

　　看起來有方方正正、有圈圈的韓語文字,據說那是創字時,從雕花的窗子,得到靈感的。圈圈代表太陽(天),橫線代表地,直線是人,這可是根據中國天地人思想,也就是宇宙自然法則的喔!

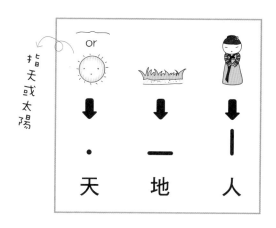

　　另外,韓文字的子音跟母音,在創字的時候,是模仿發音的嘴形,很多發音可以跟我們的注音相對照,而且也是用拼音的。

　　韓文有 70% 是漢字詞,那是從中國引進的。發音也是模仿了中國古時候的發音。因此,只要學會韓語 40 音,知道漢字詞的造詞規律,很快就能學會 70% 的單字。

❶ 韓語發音及注音、中文標音對照表

	表記	羅馬字	注音標音	中文標音
	ㅏ	a	ㄚ	阿
	ㅑ	ya	ㄧㄚ	鴨
基	ㅓ	eo	ㄛ	喔
	ㅕ	yeo	ㄧㄛ	幽
本	ㅗ	o	ㄡ	歐
	ㅛ	yo	ㄧㄡ	優
母	ㅜ	u	ㄨ	屋
	ㅠ	yu	ㄧㄨ	油
音	ㅡ	eu	ㄜㄨ	惡
	ㅣ	i	ㄧ	衣
	ㅐ	ae	ㄟ	耶
	ㅒ	yae	ㄧㄟ	也
複	ㅔ	e	ㄝ	給
	ㅖ	ye	ㄧㄝ	爺
合	ㅘ	wa	ㄨㄚ	娃
	ㅙ	wae	ㄛㄝ	歪
母	ㅚ	oe	ㄨㄝ	威
	ㅝ	wo	ㄨㄛ	我
音	ㅞ	we	ㄨㄝ	胃
	ㅟ	wi	ㄩ	為
	ㅢ	ui	ㄛㄧ	＊喔衣＊

	表記	羅馬字	注音標音	中文標音
	ㄱ	k/g	ㄎ／ㄍ	課/哥
	ㄴ	n	ㄋ	呢
基	ㄷ	t/d	ㄊ／ㄉ	德
本	ㄹ	r/l	ㄦ／ㄌ	勒
子	ㅁ	m	ㄇ	母
	ㅂ	p/b	ㄆ／ㄅ	波／伯
音	ㅅ	s	ㄙ	思
	ㅇ	不發音/ng	不發音／ㄥ	o／嗯
	ㅈ	ch/j	ㄘ／ㄗ	己／姿
	ㅎ	h	ㄏ	喝
送	ㅊ	ch	ㄘ／ㄑ	此
氣	ㅋ	k	ㄎ	棵
音	ㅌ	t	ㄊ	特
★	ㅍ	p	ㄆ	坡
	ㄲ	kk	ㄍˋ	哥
硬	ㄸ	tt	ㄉˋ	德
音	ㅃ	pp	ㄅˋ	伯
☆	ㅆ	ss	ㄙˋ	思
	ㅉ	cch	ㄗˋ	姿

	表記	羅馬字	注音標音	中文標音
收尾音	ㄱ	k	ㄍ	學（台語）的尾音
	ㄴ	n	ㄣ	安（台語）的尾音
	ㄷ	t	ㄊ	日（台語）的尾音
	ㄹ	l	ㄖ	兒（台語）
	ㅁ	m	ㄇ	甘（台語）的尾音
	ㅂ	p	ㄆ	葉（台語）的尾音
	ㅇ	ng	ㄥ	爽（台語）的尾音

★ 送氣音就是用強烈氣息發出的音。

☆ 硬音就是要讓喉嚨緊張，加重聲音，用力唸。這裡用「ˋ」表示。

★ 本表之注音及中文標音，僅提供方便記憶韓語發音，實際發音是有差別的。

❷ 韓文是怎麼組成的呢？

韓文是由母音跟子音所組成的。排列方法是由上到下，由左到右。大分有下列六種：

1

子音＋母音 ——————————————→

子
母

2

子音＋母音 ——————————————→

子	母

3

子音＋母音＋母音 ——————————→

子	母
母	

4

子音＋母音＋子音（收尾音）—————→

子
母
子（收尾音）

5

子音＋母音＋子音（收尾音）—————→

子	母
子（收尾音）	

6

子音＋母音＋母音＋子音（收尾音）—→

子	母
母	
子（收尾音）	

---

❸ 反切表：平音、送氣音跟基本母音的組合（光碟錄音在46首）

母音 子音	ㅏ a	ㅑ ya	ㅓ eo	ㅕ yeo	ㅗ o	ㅛ yo	ㅜ u	ㅠ yu	ㅡ eu	ㅣ i
ㄱ k/g	가 ka	갸 kya	거 keo	겨 kyeo	고 ko	교 kyo	구 ku	규 kyu	그 keu	기 ki
ㄴ n	나 na	냐 nya	너 neo	녀 nyeo	노 no	뇨 nyo	누 nu	뉴 nyu	느 neu	니 ni
ㄷ t/d	다 ta	댜 tya	더 teo	뎌 tyeo	도 to	됴 tyo	두 tu	듀 tyu	드 teu	디 ti
ㄹ r/l	라 ra	랴 rya	러 reo	려 ryeo	로 ro	료 ryo	루 ru	류 ryu	르 reu	리 ri
ㅁ m	마 ma	먀 mya	머 meo	며 myeo	모 mo	묘 myo	무 mu	뮤 myu	므 meu	미 mi
ㅂ p/b	바 pa	뱌 pya	버 peo	벼 pyeo	보 po	뵤 pyo	부 pu	뷰 pyu	브 peu	비 pi
ㅅ s	사 sa	샤 sya	서 seo	셔 syeo	소 so	쇼 syo	수 su	슈 syu	스 seu	시 si
ㅇ —/ng	아 a	야 ya	어 eo	여 yeo	오 o	요 yo	우 u	유 yu	으 eu	이 i
ㅈ ch/j	자 cha	쟈 chya	저 cheo	져 chyeo	조 cho	죠 chyo	주 chu	쥬 chyu	즈 cheu	지 chi
ㅊ ch	차 cha	챠 chya	처 cheo	쳐 chyeo	초 cho	쵸 chyo	추 chu	츄 chyu	츠 cheu	치 chi
ㅋ k	카 ka	캬 kya	커 keo	켜 kyeo	코 ko	쿄 kyo	쿠 ku	큐 kyu	크 keu	키 ki
ㅌ t	타 ta	탸 tya	터 teo	텨 tyeo	토 to	툐 tyo	투 tu	튜 tyu	트 teu	티 ti
ㅍ p	파 pa	퍄 pya	퍼 peo	펴 pyeo	포 po	표 pyo	푸 pu	퓨 pyu	프 peu	피 pi
ㅎ h	하 ha	햐 hya	허 heo	혀 hyeo	호 ho	효 hyo	후 hu	휴 hyu	흐 heu	히 hi

Chapter 1

基本母音

memo

先安排讀書計劃學得更快喔！

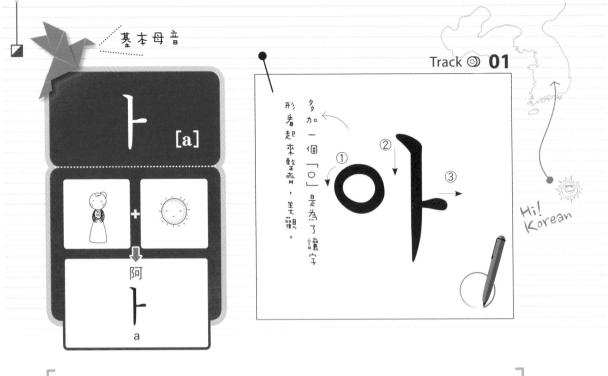

Track ◎ **01**

很像注音「Y」。嘴巴放鬆自然張大,舌頭碰到下齒齦,嘴唇不是圓形的喔!

「ㅏ」的發音 ◀))

★ 注意聽標準腔調,老師會唸3次

跟中文的「阿」相似 ▶▶▶　　　ㅏ ▶ ㅏ ▶ ㅏ
　　　　　　　　　　　　　　　[a]　　[a]　　[a]

練習寫寫看

아

● 有「ㅏ」的單字 🔊

★ 跟著老師慢慢唸

a.u

아우

阿．屋

弟弟

a.i

아이

阿．衣

小孩

● 有「ㅏ」的會話 🔊

★ 配合朗讀MP3，大聲唸就記得住喔！

1
慢慢唸
不要急

아니야.
a.ni.ya

不對，
不是。

2
跟老師
一起唸

아니야.
阿．尼．呀

不對，
不是。

3
跟韓國人
大聲說

아니야.

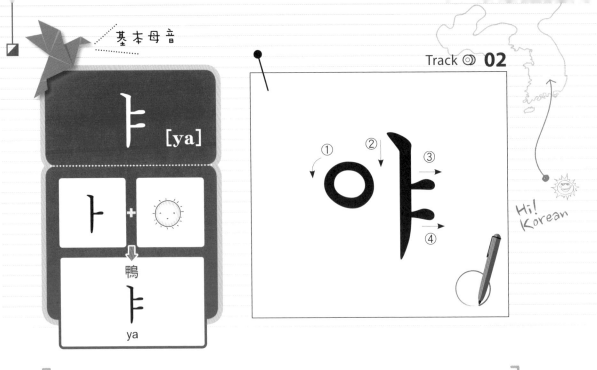

야 [ya]

ㅏ + ☀ → 鴨 ㅑ ya

Hi! Korean

很像注音「一丫」。發音的訣竅是，先發「ㅣ [i]」，然後快速滑向「ㅏ [a]」，就可以發出「ㅑ」音囉！

「ㅑ」的發音 🔊

★ 注意聽標準腔調，老師會唸3次

跟中文的「鴨」相似 ▶▶▶　　ㅑ　▶　ㅑ　▶　ㅑ
　　　　　　　　　　　　　[ya]　　　[ya]　　　[ya]

練習寫寫看

야	야	야	야			

有「ㅑ」的單字 🔊

a . ya

아야

阿 . 鴨

啊唷

（疼痛時喊痛表現）

sim . ya

심야

心 . 鴨

深夜

有「ㅑ」的會話 🔊

★ 配合朗讀MP3，大聲唸就記得住喔！

1

慢慢唸
不要急

오래간만이야.
o . re . kan . ma . ni . ya

好久不見。

2

跟老師
一起唸

오래간만이야.
喔 . 雷 . 敢 . 罵 . 你 . 鴨

好久不見。

3

跟韓國人
大聲說

오래간만이야.

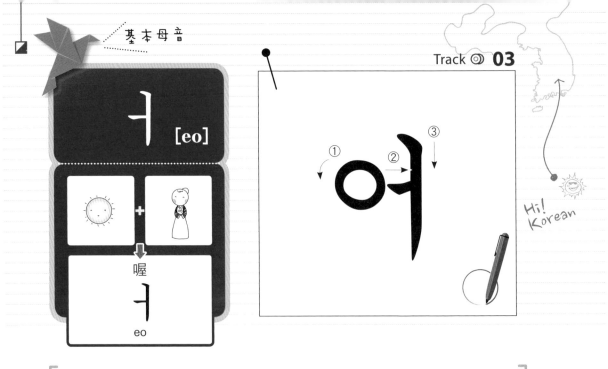

Track ◎ 03

ㅓ [eo]

喔
ㅓ
eo

Hi! Korean

　　很像注音「ㄜ」。嘴巴放鬆自然張開，比發「ㅏ [a]」要張得小一點，後舌面隆起，嘴唇不是圓形的喔！

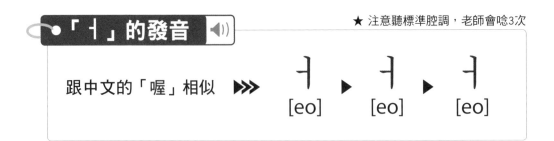

「ㅓ」的發音 🔊　　　　　★ 注意聽標準腔調，老師會唸3次

跟中文的「喔」相似 ▶▶▶　　ㅓ ▶ ㅓ ▶ ㅓ
　　　　　　　　　　　　　[eo]　　[eo]　　[eo]

練習寫寫看

어	어	어	어		

● 有「ㅓ」的單字 🔊

★ 跟著老師慢慢唸

eo . i

어이

哦 . 衣

喂！
（呼叫朋友或比自己小的人用）

i . eo

이어

衣 . 哦

持續

● 有「ㅓ」的會話 🔊

★ 配合朗讀MP3，大聲唸就記得住喔！

1

있어요.
i . sseo . yo

有。

2

있어요.
己 . 搜 . 有

有。

3

있어요.

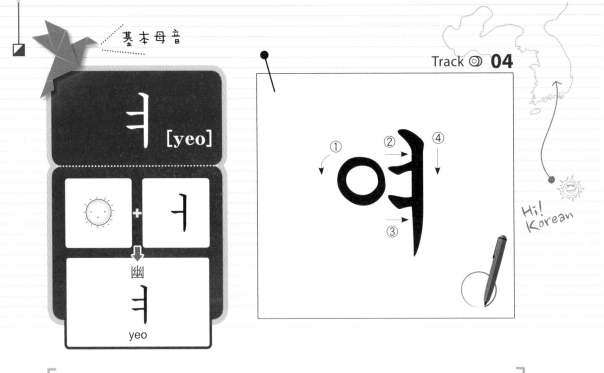

Track ◎ **04**

Hi! Korean

$$ㅕ \text{ [yeo]}$$

☀ + ㅓ
⬇
幽
ㅕ
yeo

很像注音「ㄧㄛ」。發音的訣竅是，先發「ㅣ [i]」，然後快速滑向「ㅓ [eo]」，就就可以發出「ㅕ」音囉！

「ㅕ」的發音 🔊　　　　　　★ 注意聽標準腔調，老師會唸3次

跟中文的「幽」相似 ▶▶▶　　ㅕ ▶ ㅕ ▶ ㅕ
　　　　　　　　　　　　　　[yeo]　[yeo]　[yeo]

練習寫寫看

여	여	여	여			

有「ㅕ」的單字 🔊

★ 跟著老師慢慢唸

yeo.yu

여유

有.友

充裕

yeo.ja.a.i

여자아이

有.叉.阿.伊

女兒（女孩子）

有「ㅕ」的會話 🔊

★ 配合朗讀MP3，大聲唸就記得住喔！

1
慢慢唸不要急

여보세요.
yeo.bo.se.yo

喂～（打電話時）。

2
跟老師一起唸

여보세요.
有.普.塞.油

喂～（打電話時）。

3
跟韓國人大聲說

여보세요.

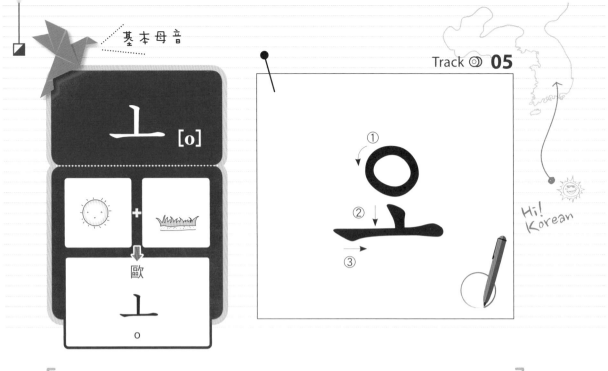

Track ◎ 05

很像注音「ㄡ」。嘴巴微張，後舌面隆起，雙唇向前攏成圓形。

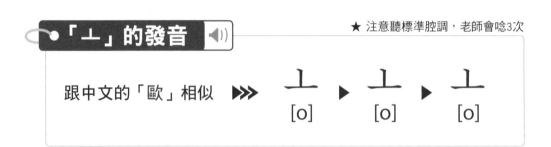

「ㅗ」的發音 🔊

★ 注意聽標準腔調，老師會唸3次

跟中文的「歐」相似 ▶▶▶ ㅗ [o] ▶ ㅗ [o] ▶ ㅗ [o]

練習寫寫看

오	오	오	오			

有「ㅗ」的單字 🔊

★ 跟著老師慢慢唸

o . i

오이

歐 . 衣

小黃瓜

o . neul

오늘

歐 . 內

今天

有「ㅗ」的會話 🔊

★ 配合朗讀MP3，大聲唸就記得住喔！

1 慢慢唸不要急

또 오세요.

ddo . o . se . yo

請您再度
光臨。

2 跟老師一起唸

또 오세요.

都 . 歐 . 塞 . 油

請您再度
光臨。

3 跟韓國人大聲說

또 오세요.

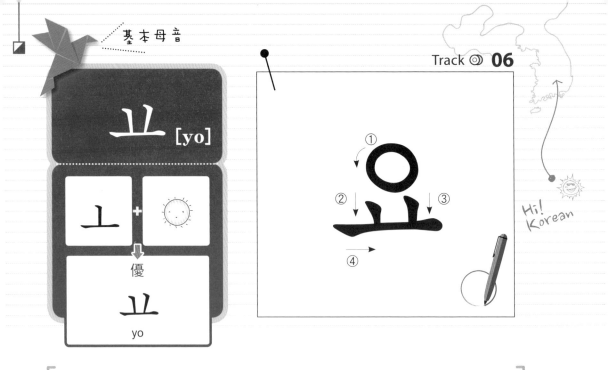

Track ◎ **06**

很像注音「ㄧㄡ」。發音訣竅是，先發「ㅣ」〔i〕，然後快速滑向「ㅗ」〔o〕，就可以發出「ㅛ」音囉！

「ㅛ」的發音 🔊

★ 注意聽標準腔調，老師會唸3次

跟中文的「優」相似 ▸▸▸ ㅛ [yo] ▸ ㅛ [yo] ▸ ㅛ [yo]

練習寫寫看

ㅛ	ㅛ	ㅛ	ㅛ			

有「ㅛ」的單字 🔊

★ 跟著老師慢慢唸

yo.

요

優

墊被

wo.ryo.il

월요일

我.優.憶兒

星期一

有「ㅛ」的會話 🔊

★ 配合朗讀MP3，大聲唸就記得住喔！

1

慢慢唸
不要急

알았어(요).

a.ra.seo.(yo)

知道了。

2

跟老師
一起唸

알았어(요).

阿.拉.受.(優)

知道了。

3

跟韓國人
大聲說

알았어(요).

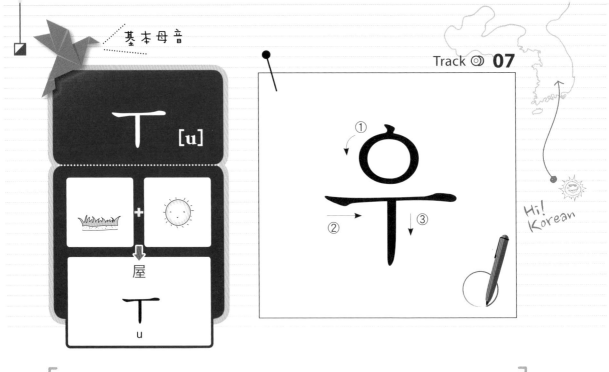

Track ◎ 07

Hi! Korean

　　很像注音「ㄨ」。它的口形比「ㅗ [o]」小些,後舌面隆起,接近軟齶,雙脣向前攏成圓形。

「ㅜ」的發音 🔊

★ 注意聽標準腔調,老師會唸3次

跟中文的「屋」相似 ▶▶▶   ㅜ ▶ ㅜ ▶ ㅜ
　　　　　　　　　　　　　　[u]　　[u]　　[u]

練習寫寫看

우	우	우	우			

有「ㅜ」的單字 🔊

★ 跟著老師慢慢唸

u . yu

우유
屋 . 優

牛奶

u . san

우산
屋 . 傘

雨傘

有「ㅜ」的會話 🔊

★ 配合朗讀MP3,大聲唸就記得住喔!

1 慢慢唸不要急

우리 만난 적 있나요.
u.ri.man.nan.cheo.gin.na.yo

我們以前
見過面嗎?

2 跟老師一起唸

우리 만난 적 있나요.
屋 . 里 . 滿 . 難 . 秋 . 引 . 娜 . 喲

我們以前
見過面嗎?

3 跟韓國人大聲說

우리 만난 적 있나요.

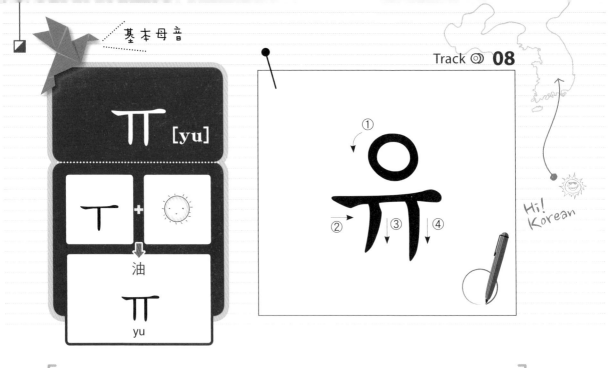

Track ◎ 08

ㅠ [yu]

ㅜ + ☀ → 油 ㅠ yu

Hi! Korean

很像注音「一ㄨ」。發音訣竅是，先發「ㅣ」[i]， 然後快速滑向「ㅜ」[u]，就成為「ㅠ」音囉！

「ㅠ」的發音 🔊

★ 注意聽標準腔調，老師會唸3次

跟中文的「油」相似 ▶▶▶ ㅠ [yu] ▶ ㅠ [yu] ▶ ㅠ [yu]

練習寫寫看

ㅠ	ㅠ	ㅠ	ㅠ			

有「ㅠ」的單字 🔊

yu . a

유아

油 . 阿

嬰兒

yu . ri

유리

油 . 裡

玻璃

有「ㅠ」的會話 🔊

★ 配合朗讀MP3，大聲唸就記得住喔！

1

慢慢唸
不要急

안됐다(유감).
an . duet . da . (yu . kam)

真是遺憾啊！

2

跟老師
一起唸

안됐다(유감).
安 . 堆 . 打 . (油 . 卡母)

真是遺憾啊！

3

跟韓國人
大聲說

안됐다(유감).

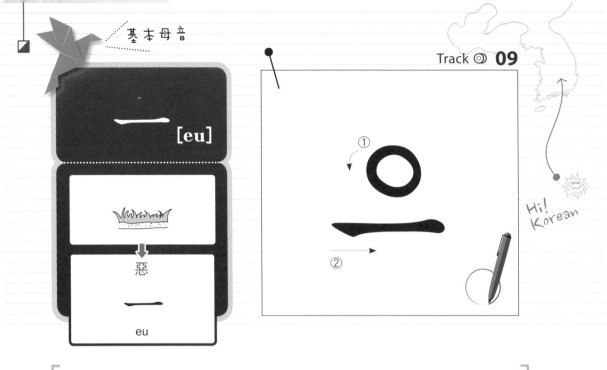

Track ◎ **09**

[eu]

惡

eu

Hi! Korean

很像注音「ㄜㄨ」。嘴巴微張，左右拉成一字形。舌身有一點向後縮，後舌面稍微向軟顎隆起。

「ㅡ」的發音 🔊

★ 注意聽標準腔調，老師會唸3次

跟中文的「惡」相似 ▶▶▶　ㅡ　▶　ㅡ　▶　ㅡ
　　　　　　　　　　　　　　[eu]　　[eu]　　[eu]

練習寫寫看

● 有「一」的單字 🔊

★ 跟著老師慢慢唸

eu.eung

으응

惡．嗯

嗯～（反問或肯定時的表現）

● 有「一」的會話 🔊

★ 配合朗讀MP3，大聲唸就記得住喔！

1
慢慢唸
不要急

새해 복 많이 받으세요.
se.he.bok.ma.ni.ba.deu.se.yo

新年快樂！

2
跟老師
一起唸

새해 복 많이 받으세요.
賽．黑．伯．罵．你．爬得．惡．塞．優

新年快樂！

3

足跟韓國人
大聲說

새해 복 많이 받으세요.

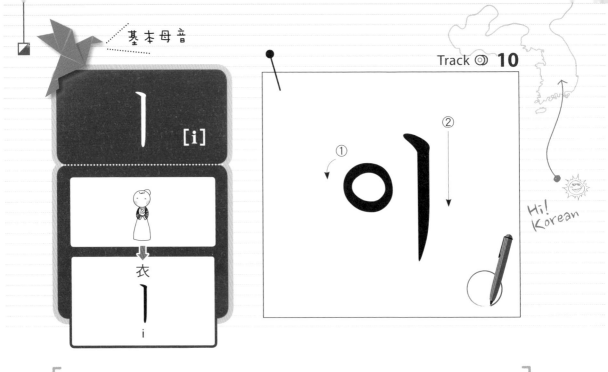

Track ⊙ 10

Hi! Korean

很像注音「一」。嘴巴微張，左右拉開一些，舌尖碰到下齒齦，舌面隆起靠近硬齶。

「ㅣ」的發音 🔊 ★ 注意聽標準腔調，老師會唸3次

跟中文的「衣」相似 ▶▶▶ ㅣ ▶ ㅣ ▶ ㅣ
　　　　　　　　　　　[i]　　[i]　　[i]

練習寫寫看

이	이	이	이		

有「ㅣ」的單字

i . yu

이유

衣 . 由

理由

si . pi

십이

細 . 比

十二

有「ㅣ」的會話

★ 配合朗讀MP3，大聲唸就記得住喔！

1

慢慢唸
不要急

아이고.
a . i . go

我的天啊！

2

跟老師
一起唸

아이고.
阿 . 衣 . 姑

我的天啊！

3

跟韓國人
大聲說

아이고.

31

❶ 寫寫看

아우	아	우				
아이	아	이				
아야	아	야				
어이	어	이				

❷ 翻譯練習（中文翻成韓文）

1. 理由 _____

2. 牛奶 _____

3. 嬰兒 _____

4. 玻璃 _____

❸ 跟著老師念念看　　　　　　　　　　　　　Track ◎ 11

老師唸一次　　大聲跟著唸
1. 아우 ➡ 아우

老師唸一次　　大聲跟著唸
3. 우유 ➡ 우유

2. 아이 ➡ 아이

4. 으응 ➡ 으응

❹ 聽寫練習　　　　　　　　　　　　　　　　Track ◎ 11

1. _____

2. _____

3. _____

4. _____

5. _____

6. _____

7. _____

8. _____

Chapter 2
子音之1- 平音

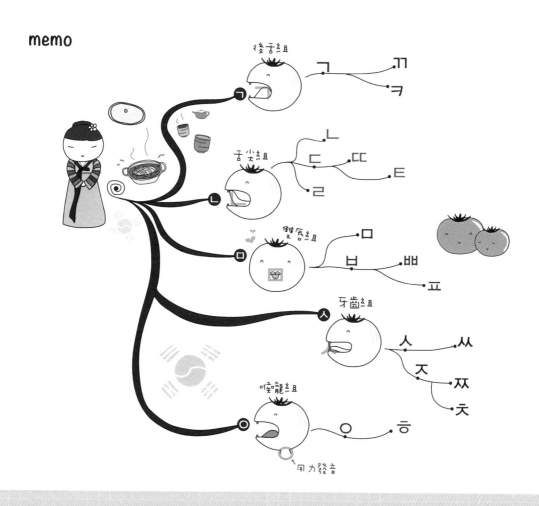

memo

後音組

ㄱ ── ㄲ
  └── ㅋ

舌尖組

ㄴ
ㄷ ── ㄸ
  └── ㅌ
ㄹ

雙唇組

ㅁ
ㅂ ── ㅃ
  └── ㅍ

牙齒組

ㅅ ── ㅆ
ㅈ ── ㅉ
  └── ㅊ

喉嚨組

ㅇ ── ㅎ

用力發音

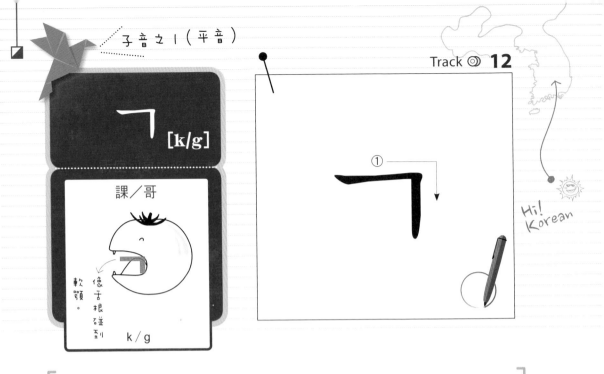

子音之1（平音）

Track ◎ 12

ㄱ [k/g]

課／哥

像舌根碰到軟顎。

k / g

很像注音「ㄎ／ㄍ」。將後舌面隆起，讓舌根碰到軟顎，把氣流檔起來，然後很快放開，讓氣流衝出來發音。在字首發「k」，其它發「g」。

「ㄱ」的發音 ◀))

★ 注意聽標準腔調，老師會唸3次

跟中文的「課／哥」相似 ▶▶▶　ㄱ [g] ▶ ㄱ [g] ▶ ㄱ [g]

練習寫寫看

가	가	가	가		
거	거	거	거		

● 有「ㄱ」的單字 🔊

★ 跟著老師慢慢唸

ka . gu

가구

卡．姑

家具

keo . gi

거기

科．給

那裡

● 有「ㄱ」的會話 🔊

★ 配合朗讀MP3，大聲唸就記得住喔！

1
慢慢唸
不要急

가자.
ka . ja

快走吧！
（一同走）

2
跟老師
一起唸

가자.
卡．家

快走吧！
（一同走）

3
跟韓國人
大聲說

가자.

35

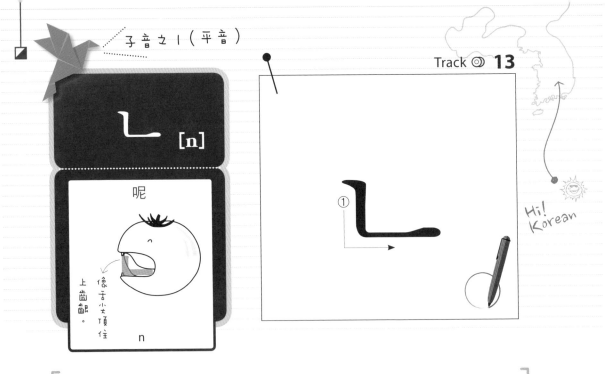

Track ◎ 13

Hi!
Korean

ㄴ [n]

呢

n

上齒齦。 像舌尖頂住

很像注音「ㄋ」。舌尖先頂住上齒齦，把氣流擋住，讓氣流從鼻腔跑出來，同時舌尖離開上齒齦，要振動聲帶喔！

「ㄴ」的發音 🔊

★ 注意聽標準腔調，老師會唸3次

跟中文的「呢」相似 ▶▶▶　ㄴ [n]　▶　ㄴ [n]　▶　ㄴ [n]

練習寫看看

나	나	나	나		
너	너	너	너		

有「ㄴ」的單字

★ 跟著老師慢慢唸

nu . gu

누구

努 . 姑

誰

na . i

나이

娜 . 衣

歲（歲數或年紀）

有「ㄴ」的會話

★ 配合朗讀MP3，大聲唸就記得住喔！

1 慢慢唸不要急

하나 둘 셋.
ha . na . tur . set

１２３開始！
（或拉、推等）

2 跟老師一起唸

하나 둘 셋.
哈 . 娜 . 兔耳 . 誰的

１２３開始！
（或拉、推等）

3 跟韓國人大聲說

하나 둘 셋.

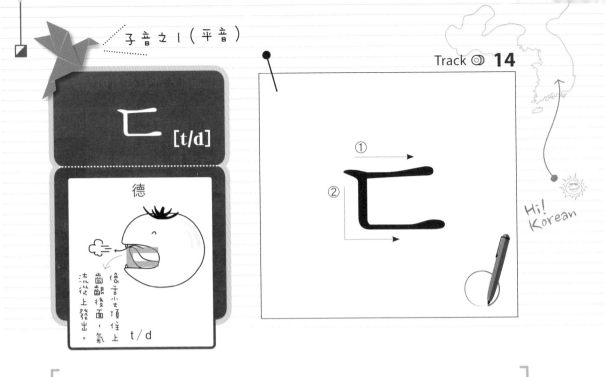

ㄷ [t/d]

德

t / d

很像注音「ㄊ／ㄉ」。把舌尖放在上齒齦後面，把氣流擋住，然後再慢慢地把舌頭縮回，讓氣流往外送出，並發出聲音。在字首發「t」，其它發「d」。

● 「ㄷ」的發音 🔊　　　　　　　★ 注意聽標準腔調，老師會唸3次

跟中文的「德」相似 ▶▶▶　ㄷ ▶ ㄷ ▶ ㄷ
　　　　　　　　　　　　[d]　　[d]　　[d]

練習寫寫看

다	다	다	다		
더	더	더	더		

有「ㄷ」的單字 🔊

★ 跟著老師慢慢唸

eo . di

어디
喔 . 低

哪裡

ku . du

구두
苦 . 讀

鞋子

有「ㄷ」的會話 🔊

★ 配合朗讀MP3，大聲唸就記得住喔！

1 慢慢唸不要急

맛있다.
ma . sit . da

好吃！

2 跟老師一起唸

맛있다.
馬 . 西 . 打

好吃！

3 跟韓國人大聲說

맛있다.

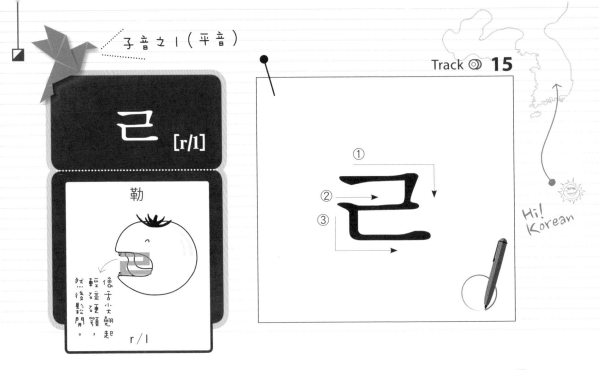

子音之1（平音）

Track ◎ 15

ㄹ [r/l]

勒

r／l

像舌尖翹起
輕碰硬顎，
然後鬆開。

很像注音「ㄦ／ㄌ」。舌尖翹起來輕輕碰硬顎，然後鬆開，使氣流通過口腔發聲。氣流通過舌尖時，舌尖要輕輕彈一下。在母音前標示「r」，收尾音標示「l」。

「ㄹ」的發音 🔊

★ 注意聽標準腔調，老師會唸3次

跟中文的「勒」相似 ▶▶▶　ㄹ　▶　ㄹ　▶　ㄹ
　　　　　　　　　　　　　[l]　　　[l]　　　[l]

練習寫寫看

| 라 | 라 | 라 | 라 | | | |
| 러 | 러 | 러 | 러 | | | |

● 有「ㄹ」的單字 🔊

★ 跟著老師慢慢唸

na . ra

나라

娜 . 拉

國家

u . ri

우리

屋 . 李

我們

● 有「ㄹ」的會話 🔊

★ 配合朗讀MP3，大聲唸就記得住喔！

1 慢慢唸不要急

한국말을 몰라요.
han . kuk . ma . lul . mo . la . yo

我不會說韓語。

2 跟老師一起唸

한국말을 몰라요.
憨 . 哭 . 罵 . 了 . 莫 . 拉 . 油

我不會說韓語。

3 跟韓國人大聲說

한국말을 몰라요.

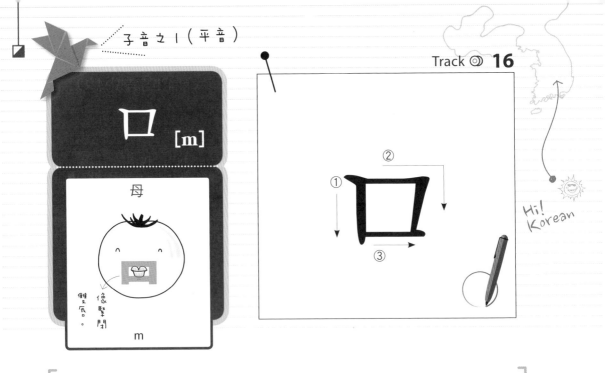

Track ◎ **16**

ㅁ [m]

母

m

雙唇。 像緊閉

　　很像注音「ㄇ」。緊緊地閉住雙唇，把氣流擋住，讓氣流從鼻腔中跑出來，同時雙唇張開，振動聲帶發聲。

「ㅁ」的發音 🔊　　　　　　　★ 注意聽標準腔調，老師會唸3次

跟中文的「母」相似 ▶▶▶　ㅁ [m] ▶ ㅁ [m] ▶ ㅁ [m]

練習寫寫看

마	마	마	마			
머	머	머	머			

有「ㅁ」的單字 ◀))

★ 跟著老師慢慢唸

meo . ri

머리
末 . 李

頭

mo . gi

모기
某 . 給

蚊子

有「ㅁ」的會話 ◀))

★ 配合朗讀MP3，大聲唸就記得住喔！

1 慢慢唸不要急

장난치지마!
chang . nan . chi . ji . ma

不要鬧了！

2 跟老師一起唸

장난치지마!
張 . 難 . 氣 . 奇 . 馬

不要鬧了！

3 跟韓國人大聲說

장난치지 마!

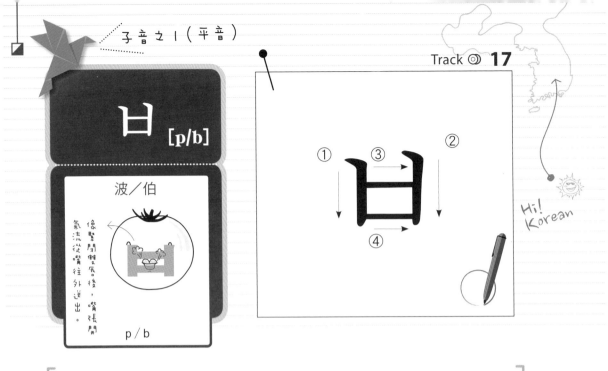

ㅂ [p/b]

波／伯

像緊閉雙唇後，嘴張開，氣流從嘴往外送出。

p / b

很像注音「ㄆ／ㄅ」。閉緊雙唇，把氣流擋住，然後在張開嘴巴的同時，把嘴巴裡面的氣流往外送出，並發出聲音。在字首發「p」，其它發「b」。

「ㅂ」的發音

★ 注意聽標準腔調，老師會唸3次

跟中文的「波／伯」相似 ▶▶▶　ㅂ ▶ ㅂ ▶ ㅂ
　　　　　　　　　　　　　　　　[b]　　[b]　　[b]

練習寫寫看

바	바	바	바		
ㅂㅓ	ㅂㅓ	ㅂㅓ	ㅂㅓ		

有「ㅂ」的單字 🔊

★ 跟著老師慢慢唸

pa . bo

바보
爬 . 普

傻瓜、笨蛋

pi

비
皮

雨

有「ㅂ」的會話 🔊

★ 配合朗讀MP3，大聲唸就記得住喔！

1
慢慢唸不要急

바보같애.
pa . bo . ka . te

真蠢呀！

2
跟老師一起唸

바보같애.
爬 . 普 . 咖 . 特

真蠢呀！

3
跟韓國人大聲說

바보같애.

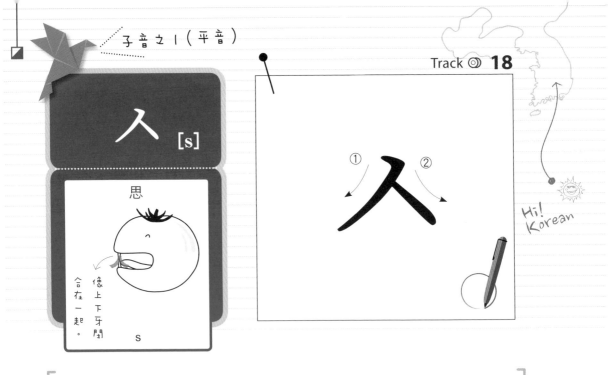

Track ◎ **18**

入 [s]

思

很像注音「ㄙ」。舌尖抵住下齒背，前舌面接近硬齶，使氣流從前舌面跟硬齶中間的隙縫摩擦而出。

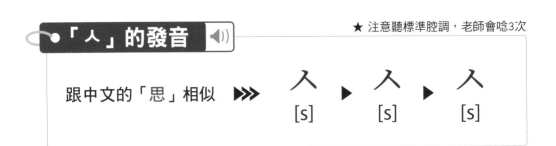

「入」的發音 🔊

★ 注意聽標準腔調，老師會唸3次

跟中文的「思」相似 ▶▶▶　入 [s]　▶　入 [s]　▶　入 [s]

練習寫寫看

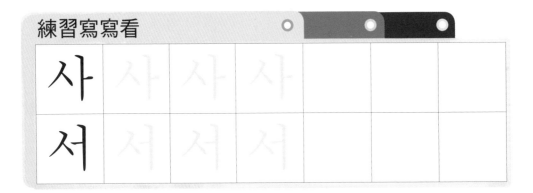

사
서

有「ㅅ」的單字 🔊

★ 跟著老師慢慢唸

to . si

도시

土 . 細

都市

pi . seo

비서

皮 . 瘦

秘書

有「ㅅ」的會話 🔊

★ 配合朗讀MP3，大聲唸就記得住喔！

1

慢慢唸
不要急

사랑해요.
sa . rang . he . yo

我愛你！

2

跟老師
一起唸

사랑해요.

莎 . 郎 . 黑 . 油

我愛你！

3

跟韓國人
大聲說

사랑해요.

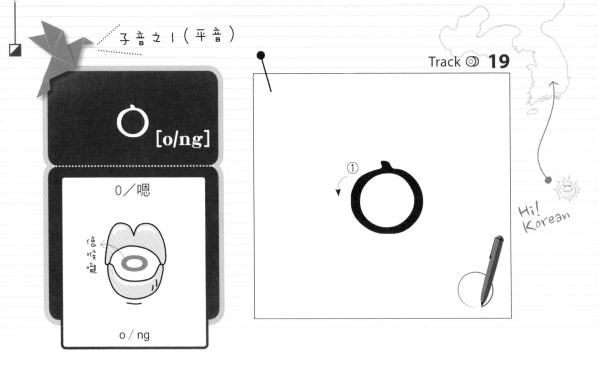

子音之1（平音）

Track ◎ **19**

ㅇ [o/ng]

0／嗯

o / ng

　　「ㅇ」很特別，在母音前面、首音位置時是不發音的，它只是為了讓字形看起來整齊美觀，拿來裝飾用的。只有在母音後面，作為韻尾的時候才發音為 [ng]。

「ㅇ」的發音 ◀)) 　　　　★ 注意聽標準腔調，老師會唸3次

跟中文的「0／嗯」相似 ▶▶▶　ㅇ [ng] ▶ ㅇ [ng] ▶ ㅇ [ng]

練習寫寫看

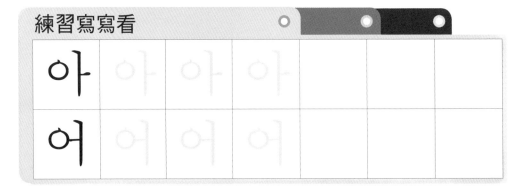

아 아 아 아

어 어 어 어

有「ㅇ」的單字 🔊

yeo . gi

여기

有 . 給

這裡

a . gi

아기

阿 . 給

嬰孩

有「ㅇ」的會話 🔊

★ 配合朗讀MP3，大聲唸就記得住喔！

1

慢慢唸
不要急

잘 지내세요?
char . chi . ne . se . yo

你好嗎？

2

跟老師
一起唸

잘 지내세요?
茶 . 奇 . 內 . 誰 . 喲

你好嗎？

3

跟韓國人
大聲說

잘 지내세요?

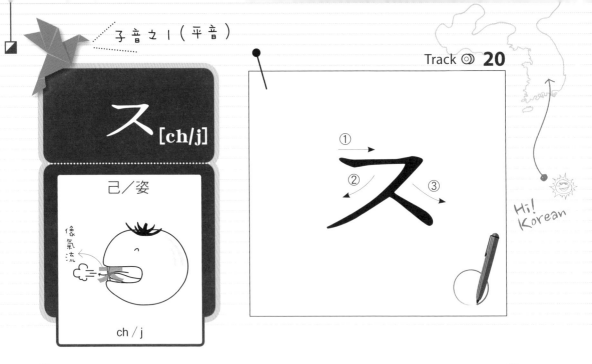

Track ◎ **20**

ス [ch/j]

己／姿

ch / j

很像注音「ㄘ／ㄗ」。舌尖抵住下齒齦，前舌面向上接觸硬齶，把氣流擋住，在鬆開的瞬間後舌面向上隆起，使氣流從中間的隙縫摩擦而出。在字首發「ch」，其它發「j」。

「ス」的發音 🔊　　　　　　★ 注意聽標準腔調，老師會唸3次

跟中文的「己／姿」相似 ▶▶▶　　ス ▶ ス ▶ ス
　　　　　　　　　　　　　　　　[j]　　[j]　　[j]

練習寫寫看

자	자	자	자		
저	저	저	저		

● 有「ㅈ」的單字 🔊

chu . so

주소

阻 . 嫂

地址

chi . gu

지구

奇 . 姑

地球

● 有「ㅈ」的會話 🔊

★ 配合朗讀MP3，大聲唸就記得住喔！

1
慢慢唸
不要急

또 만나자.
tto . man . na . cha

下次再見！

2
跟老師
一起唸

또 만나자.
都 . 滿 . 娜 . 恰

下次再見！

3
跟韓國人
大聲說

또 만나자.

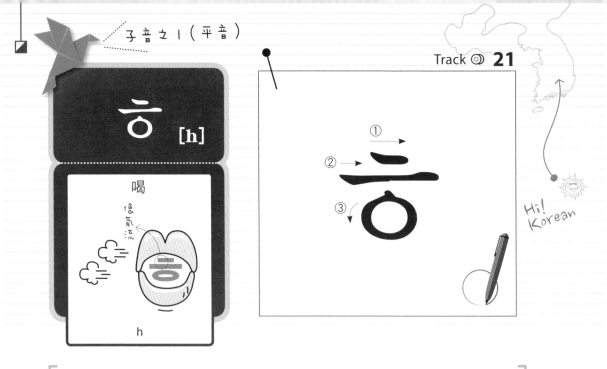

Track ◎ **21**

很像注音「ㄏ」。使氣流從聲門摩擦而出來發音。要用力把氣送出。

「ㅎ」的發音 🔊　　　　　★ 注意聽標準腔調，老師會唸3次

跟中文的「喝」相似 ▶▶▶

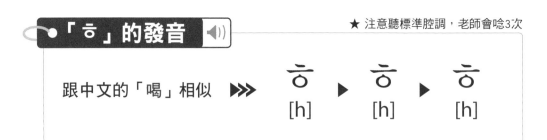

ㅎ ▶ ㅎ ▶ ㅎ
[h]　　[h]　　[h]

練習寫寫看

하	하	하	하			
허	허	허	허			

有「ㅎ」的單字 🔊

hyu . ji

휴지

休 . 幾

面紙、衛生紙

hyeo

혀

喝有

舌頭

有「ㅎ」的會話 🔊

★ 配合朗讀MP3，大聲唸就記得住喔！

1
慢慢唸
不要急

하지마(요).
ha . ji . ma . (yo)

住手；
不要（啦）！

2
跟老師
一起唸

하지마(요).
哈 . 幾 . 馬 . (油)

住手；
不要（啦）！

3
跟韓國人
大聲說

하지마(요).

1 寫寫看

가구	가 구				
나라	나 라				
모기	모 기				
구두	구 두				

2 翻譯練習（中文翻成韓文）

1. 傻瓜、笨蛋 ＿＿＿＿＿＿＿　　3. 秘書 ＿＿＿＿＿＿＿

2. 都市 ＿＿＿＿＿＿＿　　　　　4. 誰 ＿＿＿＿＿＿＿

3 跟著老師念念看　　　　　　　　　　　　　　Track 22

老師唸一次　　大聲跟著唸　　　　老師唸一次　　大聲跟著唸

1. 주소 ➡ 주소　　　　3. 휴지 ➡ 휴지

2. 지구 ➡ 지구　　　　4. 혀 ➡ 혀

4 聽寫練習　　　　　　　　　　　　　　　　Track 22

1. ＿＿＿＿＿＿＿＿＿　　5. ＿＿＿＿＿＿＿＿＿

2. ＿＿＿＿＿＿＿＿＿　　6. ＿＿＿＿＿＿＿＿＿

3. ＿＿＿＿＿＿＿＿＿　　7. ＿＿＿＿＿＿＿＿＿

4. ＿＿＿＿＿＿＿＿＿　　8. ＿＿＿＿＿＿＿＿＿

Chapter **3**

子音之 2- 送氣音

memo

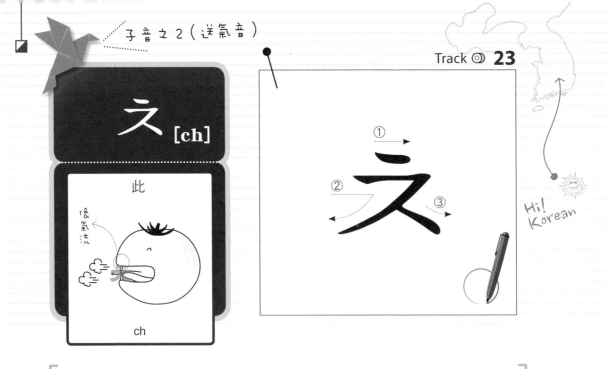

很像注音「ち／く」。發音方法跟「ㅈ」一樣，只是發「ㅊ」時要加強送氣。

「ㅊ」的發音

★ 注意聽標準腔調，老師會唸3次

跟中文的「此」相似 ▶▶▶ ㅊ ▶ ㅊ ▶ ㅊ
[ch]　　[ch]　　[ch]

練習寫寫看

차	차	차	차			
초	초	초	초			

有「ㅊ」的單字 🔊

★ 跟著老師慢慢唸

cha

차

擦

茶、車子

ko . chu

고추

姑 . 醋

辣椒

有「ㅊ」的會話 🔊

★ 配合朗讀MP3，大聲唸就記得住喔！

1

아차!
a . cha

啊呀！

2

아차!
阿 . 擦

啊呀！

3

아차.

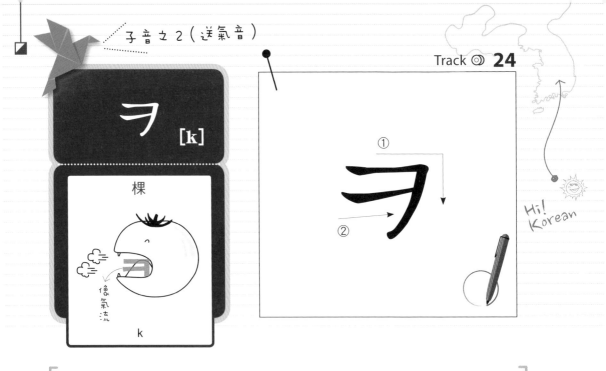

子音之2（送氣音）

ㅋ
[k]

棵

k

很像注音「ㄎ」。發音方法跟「ㄱ」一樣，只是發「ㅋ」時要加強送氣。

「ㅋ」的發音　　　　　　★ 注意聽標準腔調，老師會唸3次

跟中文的「棵」相似 ▶▶▶　　ㅋ　▶　ㅋ　▶　ㅋ
　　　　　　　　　　　　　　　[k]　　　[k]　　　[k]

練習寫寫看

카

코

有「ㅋ」的單字 🔊

★ 跟著老師慢慢唸

ku . ki

쿠키

酷 . 渴意

餅乾

ka . deu

카드

卡 . 的

卡片

有「ㅋ」的會話 🔊

★ 配合朗讀MP3，大聲唸就記得住喔！

1 慢慢唸不要急

티머니카드 좀 주세요.
ti . meo . ni . ka . deu . jom . ju . se . yo

請給我一個T-money交通卡。

2 跟老師一起唸

티머니카드 좀 주세요.
提 . 末 . 妮 . 卡 . 都 . 從 . 阻 . 雖 . 喲

請給我一個T-money交通卡。

3 跟韓國人大聲說

티머니카드 좀 주세요.

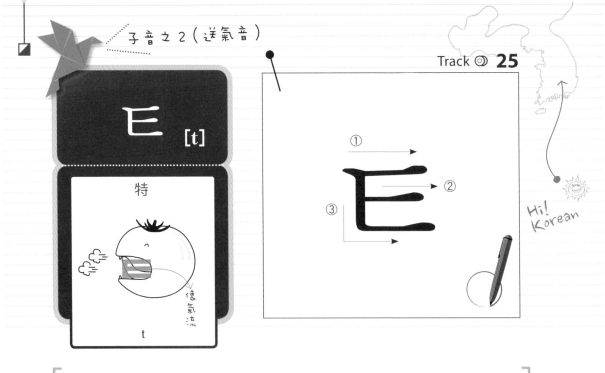

Track ◎ **25**

Hi! Korean

> 很像注音「ㄊ」。發音方法跟「ㄷ」一樣，只是發「ㅌ」時要加強送氣。

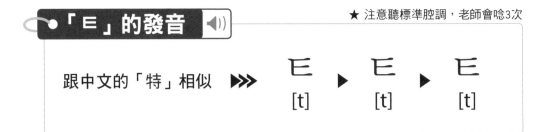

「ㅌ」的發音 🔊 　　　　★ 注意聽標準腔調，老師會唸3次

跟中文的「特」相似 ▶▶▶ 　ㅌ ▶ ㅌ ▶ ㅌ
　　　　　　　　　　　　[t]　　[t]　　[t]

練習寫寫看

타	타	타	타			
토	토	토	토			

有「ㅌ」的單字 🔊

★ 跟著老師慢慢唸

ti . syeo . cheu

티셔츠

提 . 秀 . 恥

T恤

ko . teu

코트

扣 . 特

大衣

有「ㅌ」的會話 🔊

★ 配合朗讀MP3，大聲唸就記得住喔！

1　慢慢唸 不要急

스타일이 좋다.
seu .ta . i . ri . chot .ta

很有型！

2　跟老師 一起唸

스타일이 좋다.
司 . 她 . 憶 . 立 . 糗 . 他

很有型！

3　跟韓國人 大聲說

스타일이 좋다.

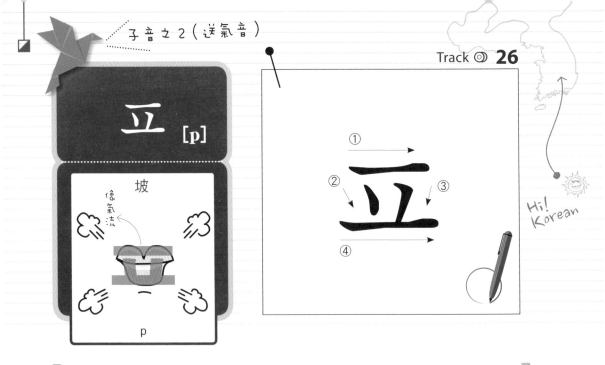

很像注音「ㄆ」。發音方法跟「ㅂ」一樣，只是發「ㅍ」時要加強送氣。

「ㅍ」的發音　★ 注意聽標準腔調，老師會唸3次

跟中文的「坡」相似 ▶▶▶　ㅍ ▶ ㅍ ▶ ㅍ
　　　　　　　　　　　　　[p]　　[p]　　[p]

練習寫寫看

파	파	파	파			
프	프	프	프			

有「ㅍ」的單字 🔊

keo . pi **커피** ㄎ . 匹 咖啡	u . pyo **우표** 屋 . 票 郵票

有「ㅍ」的會話 🔊

★ 配合朗讀MP3，大聲唸就記得住喔！

1
慢慢唸
不要急

배고파.
bae . go . pa

肚子餓了！

2
跟老師
一起唸

배고파.
配 . 勾 . 怕

肚子餓了！

3
跟韓國人
大聲說

배고파.

問題練習 3
Practice

❶ 寫寫看

쿠키	쿠	키							
코트	코	트							
고추	고	추							
커피	커	피							

❷ 翻譯練習（中文翻成韓文）

1. 茶、車子 _____

2. 餅乾 _____

3. 卡片 _____

4. T 恤 _____

❸ 跟著老師念念看   Track ◉ 27

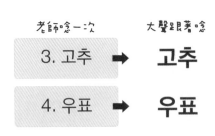

老師唸一次　　大聲跟著唸　　　　老師唸一次　　大聲跟著唸

1. 코트 ➡ **코트**　　　　3. 고추 ➡ **고추**

2. 커피 ➡ **커피**　　　　4. 우표 ➡ **우표**

❹ 聽寫練習   Track ◉ 27

1. _____   5. _____

2. _____   6. _____

3. _____   7. _____

4. _____   8. _____

Chapter 4

子音之 3- 硬音（緊音）

memo

先安排讀書計劃學得更快喔！

Track ◎ **28**

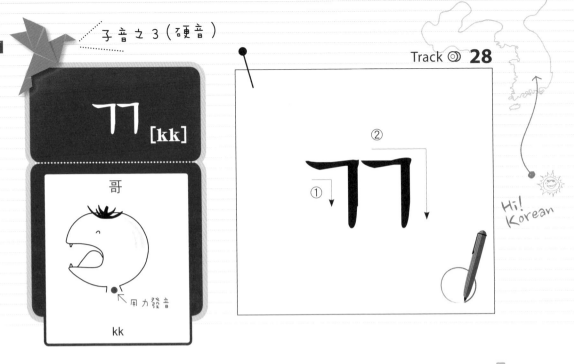

ㄲ [kk]

哥

用力發音

kk

Hi! Korean

很像用力唸注音「《ㄟ」。與「ㄱ」的發音基本相同，只是要用力唸。發音時必須使發音器官先緊張起來，讓氣流在喉腔受阻，然後衝破聲門，發生擠喉現象。

「ㄲ」的發音 🔊　　　　　　　★ 注意聽標準腔調，老師會唸3次

跟中文的「哥」相似 ▶▶▶ 　ㄲ ▶ ㄲ ▶ ㄲ
　　　　　　　　　　　　[kk]　[kk]　[kk]

練習寫寫看

까	까	까	까		
꾜	꾜	꾜	꾜		

● 有「ㄲ」的單字 🔊

★ 跟著老師慢慢唸

kko . ma

꼬마

姑 . 馬

小不點

a . kka

아까

阿 . 嘎

剛才

● 有「ㄲ」的會話 🔊

★ 配合朗讀MP3，大聲唸就記得住喔！

1

慢慢唸
不要急

바쁘십니까?
ba . bbeu . sim . ni . kka

忙嗎？

2

跟老師
一起唸

바쁘십니까?
爬 . 不 . 新 . 你 . 嘎

忙嗎？

3

跟韓國人
大聲說

바쁘십니까?

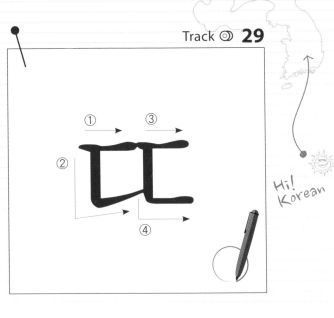

Hi!
Korean

很像用力唸注音「ㄅㄟ」。與「ㄷ」基本相同，只是要用力唸。發音時必須使發音器官先緊張起來，讓氣流在喉腔受阻，然後衝破聲門，發生擠喉現象。

「ㄸ」的發音 ◀))

★ 注意聽標準腔調，老師會唸3次

跟中文的「德」相似 ▶▶▶

ㄸ ▶ ㄸ ▶ ㄸ
[tt]　　[tt]　　[tt]

練習寫寫看

따	따	따	따			
또	또	또	또			

● 有「ㄸ」的單字 🔊

★ 跟著老師慢慢唸

tto

또
豆

那麼，又

tteo . na . da

떠나다
都 . 娜 . 打

離開

● 有「ㄸ」的會話 🔊

★ 配合朗讀MP3，大聲唸就記得住喔！

1
慢慢唸
不要急

떠들지 말아요!
tteo . deur . ji . ma . ra . yo

別吵了！

2
跟老師
一起唸

떠들지 말아요!
搭 . 的 . 雞 . 罵 . 拉 . 喲

別吵了！

3
跟韓國人
大聲說

떠들지 말아요!

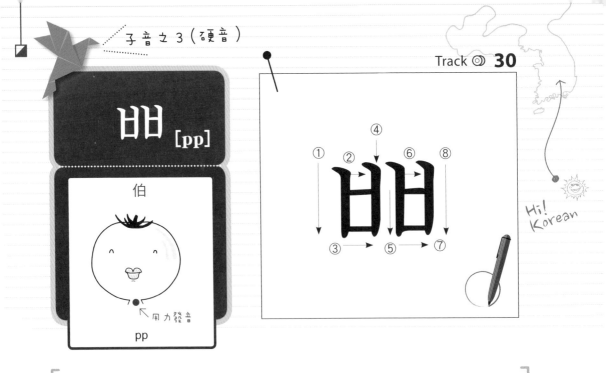

Track ◎ **30**

很像用力唸注音「ㄅㄟ」。與「ㅂ」基本相同，只是要用力唸。發音時必須使發音器官先緊張起來，讓氣流在喉腔受阻，然後衝破聲門，發生擠喉現象。

★ 注意聽標準腔調，老師會唸3次

「ㅃ」的發音 🔊

跟中文的「伯」相似 ▶▶▶ ㅃ [pp] ▶ ㅃ [pp] ▶ ㅃ [pp]

練習寫寫看

빠	빠	빠	빠			
뻐	뻐	뻐	뻐			

有「ㅃ」的單字 🔊

★ 跟著老師慢慢唸

o . ppa

오빠
喔 . 爸

哥哥

ppyam

뺨
飄鴨

臉頰

有「ㅃ」的會話 🔊

★ 配合朗讀MP3，大聲唸就記得住喔！

1
慢慢唸不要急

오빠, 사랑해요.
o . ppa .sa . rang . hae . yo

哥哥，
我愛你！

2
跟老師一起唸

오빠, 사랑해요.
喔 . 爸 . 莎 . 郎 . 黑 . 油

哥哥，
我愛你！

3
跟韓國人大聲說

오빠, 사랑해요.

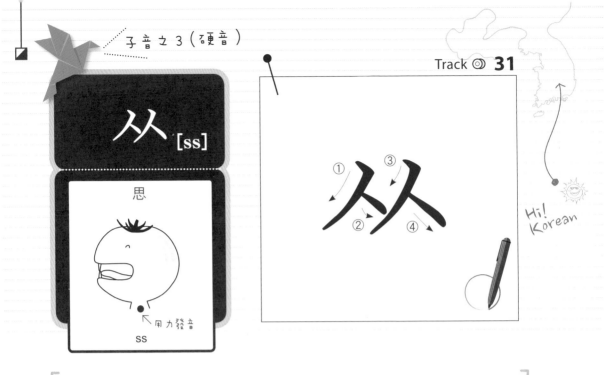

子音之3（硬音）

从 [ss]

思

用力發音

SS

Track 31

Hi! Korean

很像用力唸注音「ㄙㄟ」。與「ㄙ」基本相同，只是要用力唸。發音時必須使發音器官先緊張起來，讓氣流在喉腔受阻，然後衝破聲門，發生擠喉現象。

「从」的發音

★ 注意聽標準腔調，老師會唸3次

跟中文的「思」相似 ▶▶▶　从 [ss]　▶　从 [ss]　▶　从 [ss]

練習寫寫看

싸	싸	싸	싸			
쏘	쏘	쏘	쏘			

● 有「ㅆ」的單字 🔊

★ 跟著老師慢慢唸

ssa . u . da

싸우다

沙 . 屋 . 打

打架

sso . da

쏘다

受 . 打

射、擊

● 有「ㅆ」的會話 🔊

★ 配合朗讀MP3，大聲唸就記得住喔！

1
慢慢唸
不要急

싸우지 마!
ssa . u . ji . ma

別打了！

2
跟老師
一起唸

싸우지 마!
沙 . 屋 . 騎 . 馬

別打了！

3
跟韓國人
大聲說

싸우지 마!

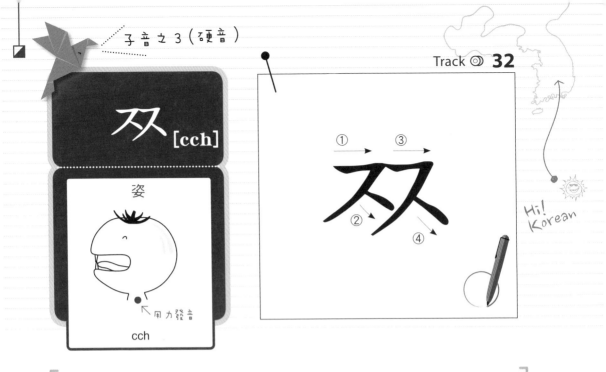

Hi! Korean

很像用力唸注音「ㄗˋ」。與「ス」基本相同，只是要用力唸。發音時必須使發音器官先緊張起來，讓氣流在喉腔受阻，然後衝破聲門，發生擠喉現象。

「ㅉ」的發音 🔊

★ 注意聽標準腔調，老師會唸3次

跟中文的「姿」相似 ▷▷▷　ㅉ [cch] ▶ ㅉ [cch] ▶ ㅉ [cch]

練習寫寫看

짜	짜	짜	짜			
쫑	쫑	쫑	쫑			

有「ㅉ」的單字 🔊

★ 跟著老師慢慢唸

ka . ccha

가짜

卡 . 恰

騙的

ccha . da

짜다

渣 . 打

鹹的

有「ㅉ」的會話 🔊

★ 配合朗讀MP3，大聲唸就記得住喔！

1 慢慢唸不要急

진짜?
chin . ccha

真的嗎？

2 跟老師一起唸

진짜?
親 . 渣

真的嗎？

3 跟韓國人大聲說

진짜.

問題練習 4
Practice

❶ 寫寫看

아까	아	까						
꼬마	꼬	마						
짜다	짜	다						
떠나다	떠	나	다					

❷ 翻譯練習（中文翻成韓文）

1. 那麼 ＿＿＿＿＿＿＿ 3. 哥哥 ＿＿＿＿＿＿＿

2. 剛才 ＿＿＿＿＿＿＿ 4. 離開 ＿＿＿＿＿＿＿

❸ 跟著老師念念看
Track 33

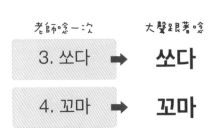

老師唸一次　大聲跟著唸

1. 싸우다 ➡ 싸우다 3. 쏘다 ➡ 쏘다

2. 가짜 ➡ 가짜 4. 꼬마 ➡ 꼬마

❹ 聽寫練習
Track 33

1. ＿＿＿＿ 5. ＿＿＿＿
2. ＿＿＿＿ 6. ＿＿＿＿
3. ＿＿＿＿ 7. ＿＿＿＿
4. ＿＿＿＿ 8. ＿＿＿＿

Chapter 5
複合母音

memo

先安排讀書計劃學得更快喔！

Track ◎ **34**

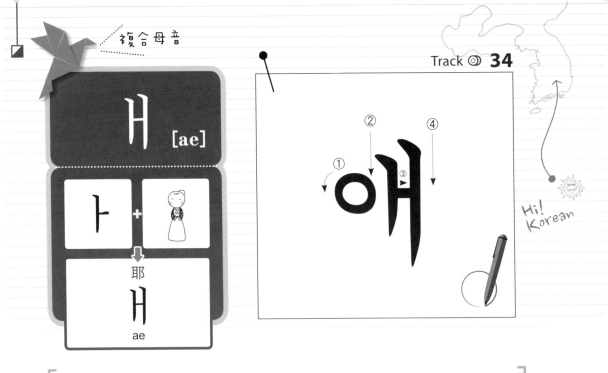

Hi! Korean

是由「ㅏ [a]＋ㅣ [i]」組合而成的。很像注音「ㄟ」。嘴巴張開，但比「ㅏ」小一點，前舌面隆起靠近硬齶，雙唇向兩邊拉緊。

「ㅐ」的發音 🔊　　　　　　　　　★ 注意聽標準腔調，老師會唸3次

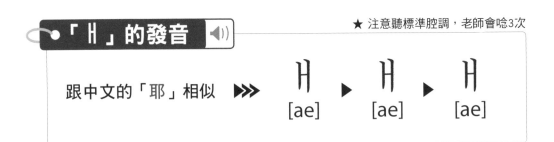

跟中文的「耶」相似 ▶▶▶　　ㅐ　▶　ㅐ　▶　ㅐ
　　　　　　　　　　　　　　[ae]　　[ae]　　[ae]

練習寫寫看

애	애	애	애			

有「ㅐ」的單字 🔊

★ 跟著老師慢慢唸

hae

해
黑

太陽

sae

새
誰

鳥

有「ㅐ」的會話 🔊

★ 配合朗讀MP3，大聲唸就記得住喔！

 1 慢慢唸
不要急

독해요?
do . khae . yo

（酒精度數）
很高嗎？

 2 跟老師
一起唸

독해요?
吐 . 給 . 喲

（酒精度數）
很高嗎？

 3 跟韓國人
大聲說

독해요?

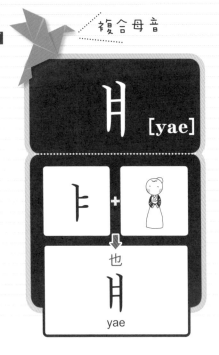

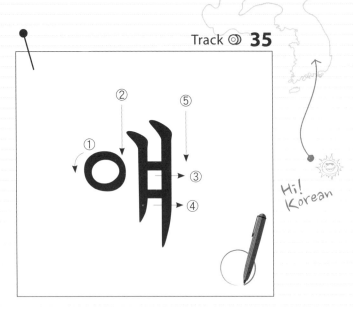

Track 🎧 **35**

Hi! Korean

是由「ㅑ[ya] ＋ ㅣ[i]」組合而成的。很像注音「一ㄟ」。發音訣竅是，先發「ㅣ」，然後快速滑向「ㅒ」，就成「ㅒ」音囉！

「ㅒ」的發音 🔊

★ 注意聽標準腔調，老師會唸3次

跟中文的「也」相似 ▶▶▶　　ㅒ　▶　ㅒ　▶　ㅒ
　　　　　　　　　　　　　[yae]　　[yae]　　[yae]

練習寫寫看

애	애	애	애		

有「ㅐ」的單字 🔊

yae	kae
애	**개**
也	幾也
這個人（孩子）	那個人（孩子）

有「ㅐ」的會話 🔊

★ 配合朗讀MP3，大聲唸就記得住喔！

1

慢慢唸
不要急

좀 더 얘기해 줘요!

chom.deo.yae.ki.hae.chwo.yo

請繼續說！

2

跟老師
一起唸

좀 더 얘기해 줘요!

窮.透.也.給.黑.酒.油

請繼續說！

3

跟韓國人
大聲說

좀 더 얘기해 줘요!

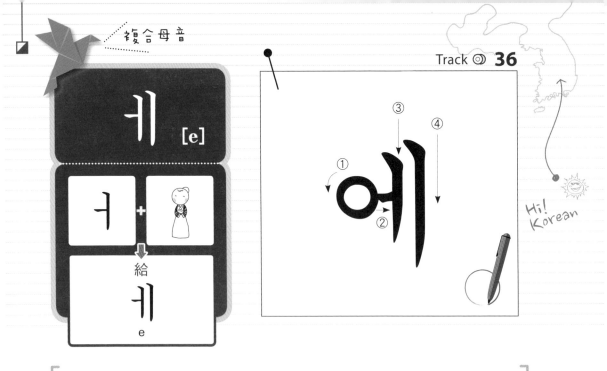

ㅔ
[e]

ㅓ + 給 ㅔ
e

Hi! Korean

是由「ㅓ[eo]＋ㅣ[i]」組合而成的。很像注音「ㄝ」。口形要比「ㅐ[ae]」小一些，嘴巴不要張得太大，前舌面比發「ㅐ」音隆起一些。

「ㅔ」的發音 🔊

跟中文的「給」相似 ▶▶▶　ㅔ ▶ ㅔ ▶ ㅔ
　　　　　　　　　　　　[e]　　[e]　　[e]

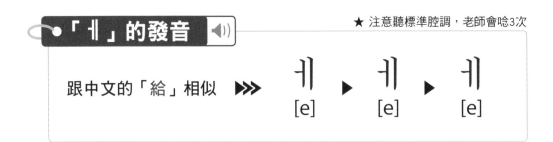

練習寫寫看

에	에	에	에		

● 有「ㅔ」的單字 🔊

★ 跟著老師慢慢唸

me . nyu

메뉴

梅 . 牛

菜單

ke

게

可黑

螃蟹

● 有「ㅔ」的會話 🔊

★ 配合朗讀MP3，大聲唸就記得住喔！

1
慢慢唸不要急

한국에 가자.
hang . gu . ke . ka . cha

去韓國吧！

2
跟老師一起唸

한국에 가자.
憨 . 庫 . 給 . 卡 . 恰

去韓國吧！

3
跟韓國人大聲說

한국에 가자.

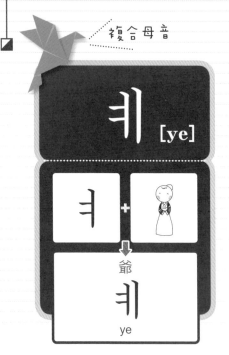

Hi! Korean

是由「ㅕ [yeo]＋ㅣ [i]」組合而成的。很像注音「ㄧㅔ」。發音訣竅是，先發「ㅣ」，然後快速滑向「ㅔ[e]」，就成「ㅖ」音囉！

「ㅖ」的發音

★ 注意聽標準腔調，老師會唸3次

跟中文的「爺」相似 ▶▶▶ ㅖ [ye] ▶ ㅖ [ye] ▶ ㅖ [ye]

練習寫寫看

예					

有「ㅖ」的單字 🔊

ye . bae

예배
也 . 北

禮拜

si . ge

시계
細 . 給

時鐘

有「ㅖ」的會話 🔊

★ 配合朗讀MP3，大聲唸就記得住喔！

1 慢慢唸不要急

이건 뭐예요?
i . geon . nwo . ye . yo

這是什麼？

2 跟老師一起唸

이건 뭐예요?
伊 . 幹 . 某 . 也 . 喲

這是什麼？

3 跟韓國人大聲說

이건 뭐예요?

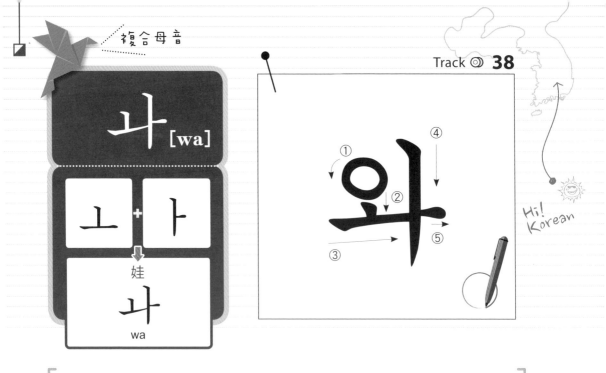

Track ◎ **38**

Hi! Korean

是由「ㅗ [o] ＋ ㅏ [a]」組合而成的。很像注音「ㄨㄚ」。發音訣竅是，先發「ㅗ」，然後快速滑向「ㅏ」，就成「ㅘ」音囉！

「ㅘ」的發音 🔊　　　　　　　★ 注意聽標準腔調，老師會唸3次

跟中文的「娃」相似 ▶▶▶　ㅘ ▶ ㅘ ▶ ㅘ
　　　　　　　　　　　　[wa]　　[wa]　　[wa]

練習寫寫看

와	와	와	와		

有「ㅘ」的單字 🔊

★ 跟著老師慢慢唸

sa . gwa

사과

傻 . 瓜

蘋果

kyo . gwa . seo

교과서

教 . 瓜 . 瘦

教科書

有「ㅘ」的會話 🔊

★ 配合朗讀MP3，大聲唸就記得住喔！

1
慢慢唸不要急

도와주세요!
to . wa . chu . se . yo

救命啊！

2
跟老師一起唸

도와주세요!
土 . 娃 . 阻 . 塞 . 油

救命啊！

3
跟韓國人大聲說

도와주세요!

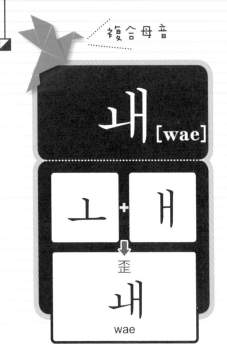

Hi! Korean

是由「ㅗ [o] + ㅐ [ae]」組合而成的。很像注音「ㄛㄝ」。發音訣竅是，先發「ㅗ」，然後快速滑向「ㅐ」，就成「ㅙ」音囉！

「ㅙ」的發音 🔊

★ 注意聽標準腔調，老師會唸3次

跟中文的「歪」相似 ▶▶▶ 　ㅙ ▶ ㅙ ▶ ㅙ
　　　　　　　　　　　　[wae]　[wae]　[wae]

練習寫寫看

왜	왜	왜	왜		

● 有「ᅫ」的單字 🔊

★ 跟著老師慢慢唸

yu . kwae

유쾌

有 . 快

愉快

dwae . ji

돼지

腿 . 祭

豬

● 有「ᅫ」的會話 🔊

★ 配合朗讀MP3，大聲唸就記得住喔！

1

慢慢唸
不要急

왜요?
wae . yo

為什麼？

2

跟老師
一起唸

왜요?
為 . 油

為什麼？

3

跟韓國人
大聲說

왜요?

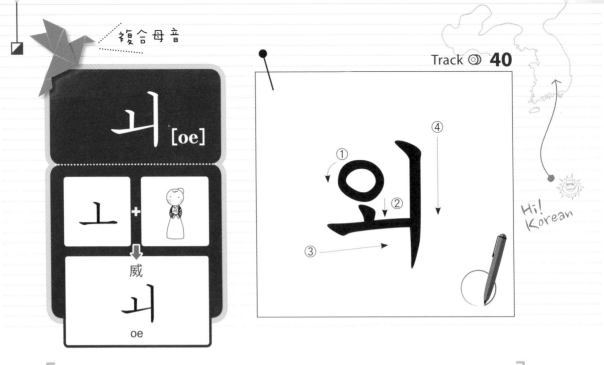

Track ◎ **40**

Hi! Korean

ㅚ [oe]

ㅗ + （圖） → 威 ㅚ oe

是由「ㅗ [o]＋ㅣ[i]」組合而成的。很像注音「ㄨㄝ」。嘴巴大小還有舌位與「ㅔ[e]」相同。嘴巴稍微張開，舌面隆起接近軟齶，雙唇攏成圓形。訣竅是先不發音，把雙唇攏成圓形，然後從這個嘴型發出「ㅔ」的音，就很簡單啦！

「ㅚ」的發音 🔊　　　　　　　★ 注意聽標準腔調，老師會唸3次

跟中文的「威」相似 ▸▸▸　ㅚ [oe] ▶ ㅚ [oe] ▶ ㅚ [oe]

練習寫寫看

외	외	외	외		

有「ㅚ」的單字 🔊

★ 跟著老師慢慢唸

hoe . sa

회사

會 . 莎

公司

koe . mul

괴물

虧 . 母兒

怪物

有「ㅚ」的會話 🔊

★ 配合朗讀MP3，大聲唸就記得住喔！

1
慢慢唸不要急

외로워요.
oe . ro . wo . yo

好寂寞！

2
跟老師一起唸

외로워요.
威 . 樓 . 我 . 油

好寂寞！

3
跟韓國人大聲說

외로워요.

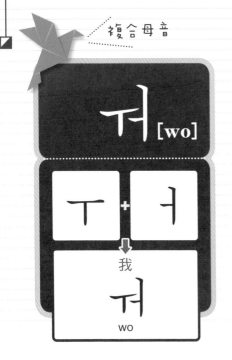

Hi!
Korean

是由「ㅜ [u]＋ㅓ [eo]」組合而成的。很像注音「ㄨㄛ」。發音訣竅是，先發「ㅜ」，然後快速滑向「ㅓ」，就成「ㅝ」音囉！比發母音「ㅗ」時，舌面更向上隆起，雙唇攏成圓形，同時向外送氣發音。

「ㅝ」的發音 🔊

★ 注意聽標準腔調，老師會唸3次

跟中文的「我」相似 ▶▶▶　ㅝ ▶ ㅝ ▶ ㅝ
　　　　　　　　　　　　　　[wo]　　[wo]　　[wo]

練習寫寫看

워	워	워	워		

● 有「ㅝ」的單字 🔊

won

원
旺

韓幣單位

mwo

뭐
某

什麼

● 有「ㅝ」的會話 🔊

★ 配合朗讀MP3，大聲唸就記得住喔！

1 慢慢唸不要急

고마워(요).
ko . ma . wo . (yo)

感謝你（呀）！

2 跟老師一起唸

고마워(요).
姑 . 罵 . 我 . (油)

感謝你（呀）！

3 跟韓國人大聲說

고마워(요).

웨 [we]

ㅜ + ㅔ

胃
웨
we

Hi!
Korean

是由「ㅜ [u] ＋ ㅔ [e]」組合而成的。很像注音「ㄨㄝ」。發音訣竅是，先發「ㅜ」，然後快速滑向「ㅔ」，就成「웨」音囉！

「웨」的發音 🔊

★ 注意聽標準腔調，老師會唸3次

跟中文的「胃」相似 ▶▶▶   웨 ▶ 웨 ▶ 웨
                                           [we]   [we]   [we]

練習寫寫看

웨	웨	웨	웨		

有「ᅰ」的單字 🔊

★ 跟著老師慢慢唸

we . i . beu

웨이브

胃 . 衣 . 布

捲度（頭髮等）

we . i . teo

웨이터

胃 . 衣 . 透

服務員（餐廳）

有「ᅰ」的會話 🔊

★ 配合朗讀MP3，大聲唸就記得住喔！

1 慢慢唸
不要急

스웨터 , 얼마예요?
seu . we . teo , eol . ma . ye . yo ?

毛衣，
多少錢？

2 跟老師
一起唸

스웨터 , 얼마예요?
司 . 胃 . 透 . 二耳 . 馬 . 也 . 油

毛衣，
多少錢？

3 跟韓國人
大聲說

스웨터 , 얼마예요?

95

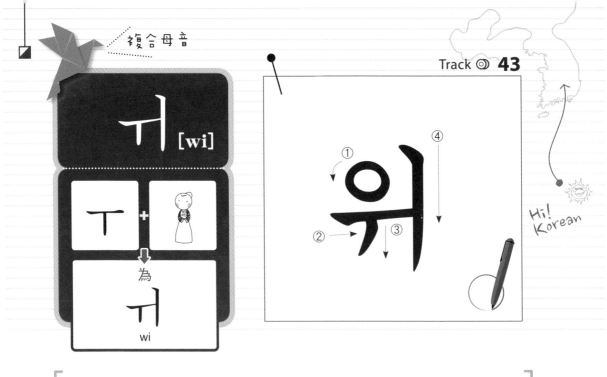

ㅟ [wi]

ㅜ + 👘

⇩
為
ㅟ
wi

發音時，是由「ㅜ [u] + ㅣ [i]」組合而成的。很像注音「ㄩ」。嘴的張開度和舌頭的高度與「ㅣ」相近，但發「ㅟ」音時雙嘴唇要攏成圓形。

「ㅟ」的發音 🔊

★ 注意聽標準腔調，老師會唸3次

跟中文的「為」相似 ▶▶▶ ㅟ ▶ ㅟ ▶ ㅟ
　　　　　　　　　　　　　[wi]　　[wi]　　[wi]

練習寫寫看

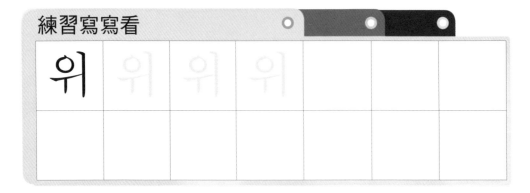

위　위　위　위

有「ㅟ」的單字 🔊

★ 跟著老師慢慢唸

chwi . mi

취미
娶 . 米

興趣

kwi

귀
桂

耳朵

有「ㅟ」的會話 🔊

★ 配合朗讀MP3，大聲唸就記得住喔！

1 慢慢唸不要急

가위 바위 보.
ka . wi . ba . wi . bo

剪刀、石頭、布！

2 跟老師一起唸

가위 바위 보.
卡 . 為 . 爬 . 為 . 普

剪刀、石頭、布！

3 跟韓國人大聲說

가위 바위 보.

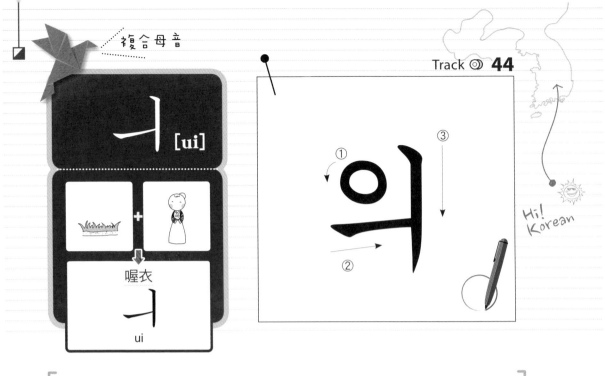

Track ◎ **44**

Hi!
Korean

是由「ㅡ [eu]＋ㅣ [i]」組合而成的。很像注音「ㄜ一」。發音訣竅是，先發「ㅡ」然後快速滑向「ㅣ」，就成「ㅢ」音。雙唇向左右拉開發音喔！

「ㅢ」的發音 ◀))

★ 注意聽標準腔調，老師會唸3次

跟中文的「喔衣」相似 ▶▶▶ ㅢ ▶ ㅢ ▶ ㅢ
　　　　　　　　　　　　 [ui]　　[ui]　　[ui]

練習寫寫看

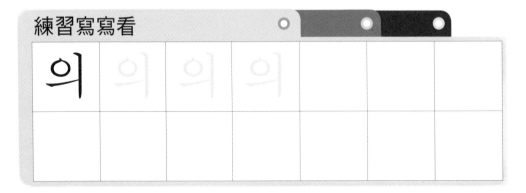

의　의　의　의

● 有「ㅢ」的單字 🔊

ui . ja

의자

烏衣 . 加

椅子

ui . sa

의사

烏衣 . 莎

醫生

● 有「ㅢ」的會話 🔊

★ 配合朗讀MP3，大聲唸就記得住喔！

1 慢慢唸
不要急

의사를 불러 주세요.

ui.sa.reul.bul.leo.ju.se.yo

請叫醫生！

2 跟老師
一起唸

의사를 불러 주세요.

烏衣.莎.日.普.拉.阻.誰.喲

請叫醫生！

3 跟韓國人
大聲說

의사를 불러 주세요.

問題練習 5

Practice

➊ 寫寫看

개	개							
해	해							
게	게							
원	원							

➋ 翻譯練習（中文翻成韓文）

1. 注意 _____
2. 醫生 _____
3. 怪物 _____
4. 公司 _____

➌ 跟著老師念念看

Track ◎ 45

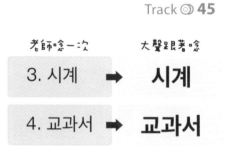

老師唸一次　　大聲跟著唸

1. 메뉴 ➡ **메뉴**

2. 예배 ➡ **예배**

老師唸一次　　大聲跟著唸

3. 시계 ➡ **시계**

4. 교과서 ➡ **교과서**

➍ 聽寫練習

Track ◎ 45

1. _____
2. _____
3. _____
4. _____
5. _____
6. _____
7. _____
8. _____

母音 子音	ㅏ a	ㅑ ya	ㅓ eo	ㅕ yeo	ㅗ o	ㅛ yo	ㅜ u	ㅠ yu	ㅡ eu	ㅣ i
ㄱ k/g	가 ka	갸 kya	거 keo	겨 kyeo	고 ko	교 kyo	구 ku	규 kyu	그 keu	기 ki
ㄴ n	나 na	냐 nya	너 neo	녀 nyeo	노 no	뇨 nyo	누 nu	뉴 nyu	느 neu	니 ni
ㄷ t/d	다 ta	댜 tya	더 teo	뎌 tyeo	도 to	됴 tyo	두 tu	듀 tyu	드 teu	디 ti
ㄹ r/l	라 ra	랴 rya	러 reo	려 ryeo	로 ro	료 ryo	루 ru	류 ryu	르 reu	리 ri
ㅁ m	마 ma	먀 mya	머 meo	며 myeo	모 mo	묘 myo	무 mu	뮤 myu	므 meu	미 mi
ㅂ p/b	바 pa	뱌 pya	버 peo	벼 pyeo	보 po	뵤 pyo	부 pu	뷰 pyu	브 peu	비 pi
ㅅ s	사 sa	샤 sya	서 seo	셔 syeo	소 so	쇼 syo	수 su	슈 syu	스 seu	시 si
ㅇ —/ng	아 a	야 ya	어 eo	여 yeo	오 o	요 yo	우 u	유 yu	으 eu	이 i
ㅈ ch/j	자 cha	쟈 chya	저 cheo	져 chyeo	조 cho	죠 chyo	주 chu	쥬 chyu	즈 cheu	지 chi
ㅊ ch	차 cha	챠 chya	처 cheo	쳐 chyeo	초 cho	쵸 chyo	추 chu	츄 chyu	츠 cheu	치 chi
ㅋ k	카 ka	캬 kya	커 keo	켜 kyeo	코 ko	쿄 kyo	쿠 ku	큐 kyu	크 keu	키 ki
ㅌ t	타 ta	탸 tya	터 teo	텨 tyeo	토 to	툐 tyo	투 tu	튜 tyu	트 teu	티 ti
ㅍ p	파 pa	퍄 pya	퍼 peo	펴 pyeo	포 po	표 pyo	푸 pu	퓨 pyu	프 peu	피 pi
ㅎ h	하 ha	햐 hya	허 heo	혀 hyeo	호 ho	효 hyo	후 hu	휴 hyu	흐 heu	히 hi

Chapter 6
收尾音（終音）跟發音的變化

point 1　收尾音（終音）

　　韓語的子音可以在字首，也可以在字尾，在字尾的時候叫收尾音，又叫終音。韓語19個子音當中，除了「ㄸ、ㅃ、ㅉ」之外，其他16種子音都可以成為收尾音。但實際只有7種發音，27種形式。

1	ㄱ	[k]	ㄱ ㅋ ㄲ ㄳ ㄺ
2	ㄴ	[n]	ㄴ ㄵ ㄶ
3	ㄷ	[t]	ㄷ ㅌ ㅅ ㅆ ㅈ ㅊ ㅎ
4	ㄹ	[l]	ㄹ ㄼ ㄽ ㄾ ㅀ
5	ㅁ	[m]	ㅁ ㄻ
6	ㅂ	[p]	ㅂ ㅍ ㅄ ㄿ
7	ㅇ	[ng]	ㅇ

❶ ㄱ [k]：ㄱ ㅋ ㄲ ㄳ ㄺ

　　用後舌根頂住軟顎來收尾。像在發台語「學」的尾音。

　　▨ 마 지 막 [ma ji mak] 最後　　　▨ 곡 식 [gok sik] 穀物

❷ ㄴ [n]：ㄴ ㄵ ㄶ

用舌尖頂住齒齦，並發出鼻音來收尾。感覺像在發台語「安」的尾音。

▨ 반 대 [pan dae] 反對　　　▨ 전 신 주 [jeon sin ju] 電線桿

▨ 안 내 [an nae] 陪同遊覽

❸ ㄷ [t]：ㄷ ㅌ ㅅ ㅆ ㅈ ㅊ ㅎ

用舌尖頂住齒齦，來收尾。像在發台語「日」的尾音。

▨ 샅바 [sat pa] (摔跤用的)腿繩　　　▨ 옷 [ot] 服

▨ 꽃 [kkot] 花

❹ ㄹ [l]：ㄹ ㄼ ㄽ ㄾ ㅀ

用舌尖頂住齒齦，來收尾。像在發台語「兒」音。

▨ 마 을 [ma eul] 村落　　　▨ 쌀 [ssal] 米

▨ 발 [pal] 腳

❺ ㅁ [m]：ㅁ ㄻ

緊閉雙唇，同時發出鼻音來收尾。像在發台語「甘」的尾音。

▨ 봄 [pom] 春天　　　▨ 이 름 [i reum] 名字

▨ 사 람 [sa ram] 人

❻ ㅂ [p]：ㅂ ㅍ ㅄ ㄿ

緊閉雙唇，同時發出鼻音來收尾。像在發台語「葉」的尾音。

▨ 입 [ip] 嘴巴　　　▨ 잎 [ip] 葉子

▨ 값 [kap] 價錢

❼ ㅇ [ng]：ㅇ

用舌根貼住軟顎，同時發出鼻音來收尾。感覺像在發台語「爽」的尾音。

▨ 사 랑 [sa rang] 愛情　　　▨ 강 [kang] 河川

▨ 유 령 [yu ryeong] 鬼，幽靈

韓語為了比較好發音等因素，會有發音上的變化。

❶ 硬音化

「ㄱ [k]，ㄷ [t]，ㅂ [P]」收尾的音，後一個字開頭是平音時，都要變成硬音。

簡單說就是：

$$\left[\begin{array}{l} 「ㄱ，ㄷ，ㅂ」＋平音「ㄱ，ㄷ，ㅂ，ㅅ，ㅈ」 \\ → 硬音「ㄲ，ㄸ，ㅃ，ㅆ，ㅉ」。 \end{array} \right]$$

正確表記	為了好發音	實際發音
학 교 [hak gyo]	→	학 꾜 [hak kkyo] 學校
식 당 [sik dang]	→	식 땅 [sik ttang] 食堂

❷ 激音化

「ㄱ [k]，ㄷ [t]，ㅂ [P]，ㅈ [t]」收尾的音，後一個字開頭是「ㅎ」時，要發成激音「ㅋ，ㅌ，ㅍ，ㅊ」；相反地，「ㅎ」收尾的音，後一個字開頭是「ㄱ，ㄷ，ㅂ，ㅈ」時，也要發成激音「ㅋ，ㅌ，ㅍ，ㅊ」。簡單說就是：

$$\left[\begin{array}{l} ㄱ，ㄷ，ㅂ，ㅈ＋ㅎ → ㅋ，ㅌ，ㅍ，ㅊ \\ ㅎ＋ㄱ，ㄷ，ㅂ，ㅈ → ㅋ，ㅌ，ㅍ，ㅊ \end{array} \right]$$

正確表記	為了好發音	實際發音
놓 다 [not da]	→	노 타 [no ta] 置放
좋 고 [jot go]	→	조 코 [jo ko] 經常
백 화 점 [paek hwa jeom]	→	배 콰 점 [pae kwa jeom] 百貨公司
잊 히 다 [it hi da]	→	이 치 다 [i chi da] 忘記

❸ 連音化

　　「ㅇ」有時候像麻薯一樣，只要收尾音的後一個字是「ㅇ」時，收尾音會被黏過去唸。但是「ㅇ」也不是很貪心，如果收尾音有兩個，就只有右邊的那一個會被移過去念。

正確表記	為了好發音	實際發音
단 어 [tan eo]	→	다 너 [ta neo] 單字
값 이 [kaps i]	→	갑 시 [kap si] 價格
서울이에요 [seo ul i e yo]	→	서 우 리 에 요 [seo u li e yo] 是首爾

❹ ㅎ音弱化

　　收尾音「ㄴ，ㄹ，ㅁ，ㅇ」，後一個字開頭是「ㅎ」音；還有，收尾音「ㅎ」，後一個字開頭是母音時，「ㅎ」的音會被弱化，幾乎不發音。簡單說就是：

$$
\begin{bmatrix}
ㄴ，ㄹ，ㅁ，ㅇ + ㅎ → ㄴ，ㄹ，ㅁ，ㅇ \\
ㅎ + ㅇ → ㅇ
\end{bmatrix}
$$

正確表記	為了好發音	實際發音
전 화 [jeon hwa]	→	저 놔 [jeo nwa] 電話
발 효 [pal hyo]	→	바 료 [pa ryo] 發酵
암 호 [am ho]	→	아 모 [a mo] 暗號
동 화 [tong hwa]	→	동 와 [tong wa] 童話
좋 아 요 [joh a yo]	→	조 아 요 [jo a yo] 好

❺ 鼻音化（1）

「ㄱ[k]」收尾的音，後一個字開頭是「ㄴ，ㅁ」時，要發成「ㅇ」[ng]。
「ㄷ[t]」收尾的音，後一個字開頭是「ㄴ，ㅁ」時，要發成「ㄴ」[n]。
「ㅂ[P]」收尾的音，後一個字開頭是「ㄴ，ㅁ」時，要發成「ㅁ」[m]。

正確表記	為了好發音	實際發音
국 물 [guk mul]	→	궁 물 [gung mul] 肉湯
짓 는 [jit neun]	→	진 는 [jin neun] 建築
입 문 [ip mun]	→	임 문 [im mun] 入門

❻ 鼻音化（2）

「ㄱ[k], ㄷ[t], ㅂ[p]」收尾的音，後一個字開頭是「ㄹ」時，各要發成「k→ㅇ」「t→ㄴ」「p→ㅁ」。而「ㄹ」要發成「ㄴ」。簡單說就是：

$$
\begin{bmatrix}
ㄱ, ㄷ, ㅂ + ㄹ → ㅇ, ㄴ, ㅁ \\
ㄹ → ㄴ
\end{bmatrix}
$$

正確表記	為了好發音	實際發音
복 리 [bok ri]	→	봉 니 [bong ni] 福利
입 력 [ip ryeok]	→	임 녁 [im nyeok] 輸入
정류장 [cheong ru jang]	→	정 뉴 장 [cheong nyu jang] 公車站牌

❼ 流音化：ㄹ同化

「ㄴ」跟「ㄹ」相接時，全部都發成「ㄹ」音。簡單說就是：

$$
\begin{bmatrix}
ㄴ + ㄹ → ㄹ + ㄹ \\
ㄹ + ㄴ → ㄹ + ㄹ
\end{bmatrix}
$$

正確表記	為了好發音	實際發音
신 라 [sin la]	→	실라 [sil la] 新羅
실 내 [sil nae]	→	실 래 [sil lae] 室內

❽ 蓋音化

「ㄷ[t], ㅌ[t]」收尾的音，後一個字開頭是「이」時，各要發成「ㄷ→ㅈ」「ㅌ→ㅊ」。而「ㄷ[t]」收尾的音，後字為「히」時，要發成「ㅊ」。簡單說就是：

$$
\begin{bmatrix}
ㄷ +이→지 \\
ㅌ +이→치 \\
ㄷ +히→치
\end{bmatrix}
$$

正確表記	為了好發音	實際發音
같 이 [kat i]	→	가 치 [ka chi] 一起
해 돋 이 [hae dot i]	→	해 도 지 [hae do ji] 日出

❾ ㄴ的添加音

韓語有時候也很曖昧，喜歡加一些音，那就叫做添加音。在合成詞中，以子音收尾的音，後一個字開頭是「야，애，여，예，요，유，이」時，中間添加「ㄴ」音。另外，「ㄹ」收尾的音，後面接母音時，中間加「ㄹ」音。簡單說：

$$
\begin{bmatrix}
子音+야,애,여,예,요,유,이 \\
→子音+ㄴ+야,애,여,예,요,유,이 \\
ㄹ+母音→ㄹ+ㄴ+母音
\end{bmatrix}
$$

正確表記	為了好發音	實際發音
식 용 유 [sik yong yu]	→	시 공 뉴 [si gyong nyu] 食用油
한 국 요 리 [han guk yo ri]	→	한 궁 뇨 리 [han gung nyo ri] 韓國料理
알 약 [al yak]	→	알 략 [al lyak] 錠劑

Hi!
Korean

什麼叫合成詞？就是兩個以上的單字，組成另一個意思不同的單字啦！例如：
韓國＋料理→韓國料理。

附錄
生活必備單字

memo

先安排讀書計劃學得更快喔！

Hi! Korean

kong	il	i	sam	sa
공	**일**	**이**	**삼**	**사**
空	憶兒	伊	山母	沙
0	一	二	三	四

o	yuk	chil	pal	ku
오	**육**	**칠**	**팔**	**구**
喔	育苦	妻兒	怕兒	姑
五	六	七	八	九

sip	si.pil	si.pi	i.sib	sam.sip
십	**십일**	**십이**	**이십**	**삼십**
細	細.比兒	細.比	伊.細	三母.細
十	十一	十二	二十	三十

paek	cheon	man	sip.man	baeng.man
백	**천**	**만**	**십만**	**백만**
陪哭	餐	滿	新.滿	篇.滿
百	千	萬	十萬	百萬

cheon.man	eok	won
천만	**억**	**~ 원**
餐.滿	歐哭	～旺
千萬	億	～圓（韓幣單位）

2 數字－固有詞

ha.na(han)	tul(tu)	set(se)
하나 . (한)	**둘 . (두)**	**셋 . (세)**
哈 . 娜 . (憨)	兔耳 . (禿)	色樸 . (誰)
1	2	3

net(ne)	ta.seot	yeo.seot
넷 . (네)	**다섯**	**여섯**
呢特 . (內)	打 . 手特	有 . 手
4	5	6

il.gop	yeo.deol	a.hop	yeol
일곱	**여덟**	**아홉**	**열**
憶兒 . 哥撲	有 . 嘟兒	阿 . 候補	有兒
7	8	9	10

3 量詞

myeong	kae	pyeong	jan
～명	**～개**	**～병**	**～잔**
～妙	～給	～蘋	～餐
～位	～個	～瓶	～杯

jang	tae	pong.ji	han.jan	tu.kae
~장	~대	~봉지	한잔	두개
～張	～貼	～崩.幾	憨.展	禿.給
～張	～台	～袋	1 杯	2 個

④ 時間

Track 50

han.si	tu.si	se.si
한시	두시	세시
憨.細	禿.細	誰.細
1 點	2 點	3 點

ne.si	ta.seot.si	yeo.seot.si
네시	다섯시	여섯시
內.細	打.手.細	有.手.細
4 點	5 點	6 點

il.gop.si	yeo.deol.si	a.hop.si
일곱시	여덟시	아홉시
衣兒.夠.細	有.朵兒.細	阿.候補.細
7 點	8 點	9 點

yeol.si	yeo.ran.si	yeol.tu.si
열시	열한시	열두시
友.細	友.憨.細	友.土.細
10 點	11 點	12 點

5 日・月　　　　　　　　　　　　　　Track ◎ **51**

i.ril **일일** 伊．<u>力</u>兒 1 日	i.il **이일** 伊．<u>憶</u>兒 2 日	sa.mil **삼일** 沙．<u>蜜</u>兒 3 日
sa.il **사일** 沙．<u>憶</u>兒 4 日	o.il **오일** 喔．<u>憶</u>兒 5 日	yu.gil **육일** 又．<u>給</u>兒 6 日
chi.ril **칠일** <u>七</u>．<u>立</u>兒 7 日	pa.ril **팔일** 八．<u>立</u>兒 8 日	ku.il **구일** 姑．<u>憶</u>兒 9 日
si.bil **십일** 細．<u>比</u>兒 10 日	si.bi.lil **십일일** 細．逼．<u>立</u>兒 11 日	si.bi.il **십이일** 細．比．<u>憶</u>兒 12 日
sip.sa.mil **십삼일** <u>細普</u>．沙．<u>蜜</u>兒 13 日	sip.sa.il **십사일** <u>細普</u>．沙．<u>憶</u>兒 14 日	si.bo.il **십오일** 細．伯．<u>憶</u>兒 15 日

sim.yun.gil	sip.chi.ril	sip.pa.ril
십육일	**십칠일**	**십팔일**
心.牛.給兒	細.七.力兒	細.八.力兒
16 日	17 日	18 日

sip.gu.il	i.si.bil	i.sib.ir.il
십구일	**이십일**	**이십일일**
細.姑.憶兒	伊.細.比兒	伊.細.逼.力兒
19 日	20 日	21 日

i.si.bi.il	i.sip.sa.mil	i.sip.sa.il
이십이일	**이십삼일**	**이십사일**
伊.細.比.憶兒	伊.細.沙.密兒	伊.細.沙.憶兒
22 日	23 日	24 日

i.rwol	i.wol	sa.mwol
일월	**이월**	**삼월**
衣.弱兒	伊.我兒	山母.我兒
1 月	2 月	3 月

sa.wol	o.wol	yu.wol
사월	**오월**	**유월**
沙.我兒	喔.我兒	有.我兒
4 月	5 月	6 月

chi.rwol	pa.rwol	ku.wol
칠월	**팔월**	**구월**
欺.弱兒	怕.弱兒	苦.我兒
7 月	8 月	9 月

Hi! Korean

si.wol	si.bi.rwol	si.bi.wol
시월	**십일월**	**십이월**
思.我兒	西.逼.弱兒	西.比.我兒
10月	11月	12月

 6 時候

Track ◎ **52**

a.chim	jeom.sim	jeo.nyeok
아침	**점심**	**저녁**
阿.七母	從母.思母	走.牛哭
早晨，早餐	中午，午餐	傍晚，晚餐

o.jeon	o.hu	pam
오전	**오후**	**밤**
喔.怎	喔.呼	怕母
上午	下午	夜晚

si.mya	o.neul	eo.je
심야	**오늘**	**어제**
師母.雅	喔.呢耳	喔.借
深夜	今天	昨天

geu.je	nae.il	mo.re
그제	**내일**	**모레**
哭.借	內.憶兒	母.淚
前天	明天	明後天

mae.il **매일** 每.憶兒 每天	ji.nan.dal **지난달** 奇.難.大耳 上個月	i.beon.tal **이번달** 伊.朋.太耳 這個月
ta.eum.tal **다음달** 打.恩母.太耳 下個月	ta.ta.eum.tal **다다음달** 打.打.恩母.太耳 下下個月	ju.mal **주말** 阻.罵兒 週末
pyeong.il **평일** 平.憶兒 平日	hyu.il **휴일** 休.憶兒 假日	ol.hae **올해** 喔.累 今年
jang.nyeon **작년** 強.牛 去年	nae.nyeon **내년** 內.牛 明年	nae.hu.nyeon **내후년** 內.呼.牛 後年
yeo.nyu **연휴** 言.休 連休	yeo.reum.hyu.ga **여름휴가** 有.樂母.休.哥 暑假	seol.lal **설날** 手.拉 元旦
pom **봄** 撥 春	yeo.reum **여름** 有.樂母 夏	ka.eul **가을** 卡.無兒 秋	kyeo.ul **겨울** 橋.無兒 冬

Hi!
Korean

7 星期

i.ryo.il 일요일 伊.六.憶兒 星期日	wo.ryo.il 월요일 我.六.憶兒 星期一	hwa.yo.il 화요일 化.油.憶兒 星期二
su.yo.il 수요일 樹.油.憶兒 星期三	mo.gyo.il 목요일 某.叫.憶兒 星期四	keu.myo.il 금요일 苦.妙.憶兒 星期五
to.yo.il 토요일 偷.油.憶兒 星期六		

8 顏色

keo.meun.saek 검은색 共.悶.誰 黑色	hen.saek 흰색 恨.誰 白色	hoe.saek 회색 會.誰 灰色

ppal.gan.saek	pu.nong.seak	pa.ran.saek
빨간색	**분홍색**	**파란색**
八兒.桿.誰	噴.紅.誰	怕.藍.誰
紅色	粉紅色	藍色

no.ran.saek	cho.rok.saek	o.ren.ji.saek
노란색	**초록색**	**오렌지색**
努.藍.誰	求.鹿.誰	喔.連.奇.誰
黃色	綠色	橙色

po.ra.saek	kal.saek
보라색	**갈색**
普.拉.誰	渴.誰
紫色	咖啡色

9 位置、方向

Track ◎ **55**

tong.jjok	seo.jjok	nam.jjok
동쪽	**서쪽**	**남쪽**
同.秋	瘦.秋	男.秋
東	西	南

buk.jjok	ap	twi
북쪽	**앞**	**뒤**
布.秋	阿布	推
北	前面	後面

an **안** 安 裡面	pak **밖** 扒客 外面	sang.haeng **상행** 上.狠 北上

| ha.haeng
하행
哈.狠
南下 | | |

⑩ 人物及親友

Track ◉ **56**

jeo／na **저／나** 走／娜 我	u.ri **우리** 屋.里 我們	a.beo.ji **아버지** 阿.波.奇 父親
eo.meo.ni **어머니** 喔.末.妮 母親	o.ppa. **오빠** 喔.爸 哥哥（妹妹使用）	hyeong **형** 雄 哥哥（弟弟使用）
eon.ni **언니** 喔嗯.妮 姊姊（妹妹使用）	nu.na **누나** 努.娜 姊姊（弟弟使用）	ha.la.beo.ji **할아버지** 哈.拉.波.奇 爺爺

hal.meo.ni **할머니** 哈.末.妮 奶奶	a.jeo.ssi **아저씨** 阿.走.西 叔叔，大叔	a.jum.ma **아줌마** 阿.初.馬 阿姨，大嬸
yeo.nin **연인** 有.您 情人	nam.ja **남자** 男.叉 男人	yeo.ja **여자** 有.叉 女人
eo.leun **어른** 喔.輪恩 大人	a.i **아이** 阿.姨 小孩	chin.gu **친구** 親.姑 朋友
pu.bu **부부** 樸.布 夫妻	hyeong.je **형제** 雄.姊 兄弟	nam.pyeon **남편** 男.騙翁 丈夫
a.nae **아내** 阿.內 妻子	a.deul **아들** 阿.都兒 兒子	ddal **딸** 大耳 女兒
mang.nae **막내** 忙.內 么子	jeol.mneu.ni **젊은이** 求兒.悶.你 年輕人	seon.bae.nim **선배님** 松.配.你母 前輩

jung.gu.gin **중국인** 中.庫.金 中國人	han.guk.saram **한국사람** 憨.庫.沙.郎 韓國人

11 身體各部位

Track ◎ **57**

sin.che **신체** 心.切 身體	meo.ri **머리** 末.里 頭	meo.ri.ka.rak **머리카락** 末.里.卡.拉 頭髮
i.ma **이마** 伊.馬 額頭	eol.gul **얼굴** 歐兒.骨兒 臉	nun **눈** 奴恩 眼睛
kwi **귀** 桂 耳朵	ko **코** 庫 鼻子	ip **입** 衣樸 嘴巴
ip.sul **입술** 衣樸.贖兒 嘴唇	teok **턱** 偷哥 下巴	hyeo **혀** 喝有 舌頭

mok.gu.meong	i.ppal	mok
목구멍	**이빨**	**목**
某.姑.猛	伊.八兒	某
喉嚨	牙齒	脖子

ka.seum	pae	teung
가슴	**배**	**등**
卡.師母	配	頓
胸部	肚子	背

heo.li	eo.gge	bae.kkop
허리	**어깨**	**배꼽**
後.里	喔.給	配.勾布
腰	肩膀	肚臍

eong.deong.i	son	pal
엉덩이	**손**	**발**
翁.懂.伊	手恩	拔
屁股	手	腳

neolp.jeok.ta.ri	mu.leup
넓적다리	**무릎**
摟樸.秋.打.里	木.弱樸
大腿	膝蓋

Hi!
Korean

12 生活用品、藥物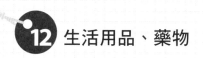

Track ◎ **58**

cheot.ga.rak **젓가락** 秋.卡.拉 筷子	sut.ga.rak **숟가락** 俗.卡.拉 湯匙	na.i.peu **나이프** 娜.伊.普 刀子
po.keu **포크** 普.苦 叉子	keop **컵** <u>可不</u> 杯子	su.geon **수건** 樹.幹 毛巾
u.san **우산** 屋.傘 雨傘	an.gyeong **안경** 安.欲恩 眼鏡	kon.taek.teu.ren.jeu **콘택트렌즈** 空.特.的.連.具 隱形眼鏡
haen.deu.pon **핸드폰** <u>黑恩</u>.的.朋 手機	chae.tteo.ri **재떨이** 切.頭.力 煙灰缸	keo.ul **거울** 口.<u>無耳</u> 鏡子
chong.i **종이** 窮.伊 紙	yeon.pil **연필** 永.筆 鉛筆	pol.pen **볼펜** 波.片 原子筆

chi.u.gae	ga.wi	hwa.jang.ji
지우개	**가위**	**화장지**
奇.屋.給	卡.位	化.張.奇
橡皮擦	剪刀	衛生紙

saeng.ri.dae	yak	gam.gi.yak
생리대	**약**	**감기약**
先.里.貼	牙苦	甘.幾.牙苦
衛生棉	藥	感冒藥

tu.tong.yak	chi.sa.je	chin.tong.je
두통약	**지사제**	**진통제**
禿.痛.牙苦	奇.沙.姊	親.痛.姊
頭痛藥	止瀉藥	止痛藥

ban.chang.go
반창고
胖.搶.姑
絆創膏（OK 繃）

13 衣服、鞋子、飾品

ot **옷** 喔特 衣服	syeo.cheu **셔츠** 羞.恥 襯衫	ti.syeo.cheu **티셔츠** 提.羞.恥 Ｔ恤
wa.i.syeo.cheu **와이셔츠** 娃.伊.羞.恥 白襯衫	pol.ro.syeo.cheu **폴로셔츠** 婆.樓.羞.恥 polo 襯衫	cheong.chang **정장** 窮.張 西裝
han.bok **한복** 憨.伯 韓服	yang.bok **양복** 洋.伯 西服	teu.re.seu **드레스** 土.淚.思 連身洋裝
ja.ket **자켓** 叉.可 夾克	ko.teu **코트** 庫.土 外套	seu.we.teo **스웨터** 思.胃.透 毛衣
pan.pal **반팔** 胖.八 短袖	kin.pal **긴팔** 幾恩.八 長袖	won.pi.seu **원피스** 旺.匹.思 連身裙

chi.ma / seu.keo.teu	mi.ni.seu.keo.teu	ba.ji
치마／스커트	**미니스커트**	**바지**
氣.馬/思.摳.土	米.妮.思.摳.土	爬.奇
裙子	迷你裙	褲子

cheong.ba.ji	pean.ti	seu.ta.king	ja.mot
청바지	**팬티**	**스타킹**	**잠옷**
窮.爬.奇	偏.提	思.她.金恩	掐.摸
牛仔褲	內褲	絲襪	睡衣

su.yeong.bok	a.dong.bok	an.gyeong	seon.geu.la.seu
수영복	**아동복**	**안경**	**선그라스**
樹.用.伯	阿.同.伯	安.京恩	松.哭.拉.思
泳裝	童裝	眼鏡	太陽眼鏡

nek.ta.i	pel.teu	mo.ja	mok.do.ri
넥타이	**벨트**	**모자**	**목도리**
內.她.伊	陪.土	母.叉	某.都.里
領帶	皮帶	帽子	圍巾

seu.ka.peu	jang.gap	pan.ji	mok.geo.ri
스카프	**장갑**	**반지**	**목걸이**
思.卡.普	張.甲	胖.奇	某.勾.力
絲巾	手套	戒指	項鍊

gwi.geo.ri	pi.eo.sing	yang.mal	gu.du
귀걸이	**피어싱**	**양말**	**구두**
桂.勾.力	匹.喔.醒	洋.罵	姑.禿
耳環	耳環.（穿孔）	襪子	鞋子

Hi!
Korean

hil **힐** 喝兒 高跟鞋	rong.bu.cheu **롱부츠** 龍．樸．吃 長筒靴子	un.dong.hwa **운동화** 運．同．化 運動鞋	saen.deul **샌들** 現．都兒 涼鞋
seul.li.peo **슬리퍼** 思．里．波 拖鞋	son.mok.si.gye **손목시계** 松．某．細．給 手錶	ka.bang **가방** 卡．胖 皮包	haen.deu.baek **핸드백** 黑恩．都．配 手提包
pae.nang **배낭** 配．男 背包	chi.gap **지갑** 奇．甲 皮夾	yeol.soe.go.ri **열쇠고리** 有．誰．鼓．勵 鑰匙環	son.su.geon **손수건** 松．樹．工 手帕

 **14** 化妝品等　　　Track 60

hwa.jang.pum **화장품** 化．張．碰 化粧品	hyang.su **향수** 香．樹 香水	pi.nu **비누** 皮．努 肥皂
syam.pu **샴푸** 香．普 洗髮精	rin.seu **린스** 零．思 潤絲精	pa.di.syam.pu **바디샴푸** 爬．弟．香．普 沐浴乳

se.an.je **세안제** 塞.安.姊 潔膚乳液(洗面乳)	pom.keul.len.jeo **폼클렌저** 波母.科.連.走 洗面乳液	seu.kin ／ hwa.jang.su **스킨／화장수** 思.金恩／化.張.樹 化妝水
e.meol.jeon **에멀전** 愛.末兒.窘 乳液	e.sen.seu **에센스** 愛.仙.思 精華液	keu.rim **크림** 科.力母 護膚霜
ma.seu.keu.paek **마스크팩** 馬.思.科.佩 面膜	ja.oe.seon.cha.dan.je **자외선차단제** 叉.外.松.擦.蛋.姊 防曬乳	bi.bi.keu.rim **비비크림** 比.比.科.力母 BB 霜
pa.un.de.i.syeon **파운데이션** 怕.運.弟.伊.兄 粉底霜	a.i.syae.do.u **아이쉐도우** 阿.伊.邪.土.屋 眼影	ma.seu.ka.ra **마스카라** 馬.思.卡.拉 睫毛膏
lip.seu.tik **립스틱** 力普.思.弟 口紅	mae.ni.kyu.eo **매니큐어** 每.妮.哭.我 指甲油	chung.seong.pi.bu **중성피부** 中.松.匹.樸 一般肌膚
keon.seong.pi.bu **건성피부** 空.松.匹.樸 乾燥肌膚	chi.seong.pi.bu **지성피부** 奇.松.匹.樸 油性肌膚	min.gam.seong.pi.bu **민감성피부** 敏.甘.松.匹.樸 敏感肌膚

Hi! Korean

yeo.deu.reum **여드름** 有.的.樂母 青春痘	keom.beo.seot **검버섯** 共.波.手 黑斑	chu.geun.kkae **주근깨** 阻.滾.給 雀斑
da.keu.sseo.keul **다크써클** 打.科.色.科 黑眼圈	hwa.i.teu.ning **화이트닝** 化.伊.特.您 美白	ppo.song.ppo.song **뽀송뽀송** 澎.鬆.澎.鬆 平順滑溜
chok.chok **촉촉** 秋克.秋克 滋潤	san.tteut **산뜻** 傘.度 乾爽	mae.kkeun.mae.kkeun **매끈매끈** 每.睏.每.睏 亮澤
kak.jil **각질** 卡.季 角質	chok.chok **촉촉** 秋克.秋克 濕潤	mo.gong.ke.eo **모공케어** 母.工.客.喔 毛孔保養
po.seup **보습** 普.濕布 保濕		

ka.jeon.je.pum **가전제품** 卡.窘.採.碰 家電製品	keon.jo.gi **건조기** 空.抽.給 乾燥機	naeng.jang.go **냉장고** 年.張.姑 冰箱
kim.chi.naeng.jang.go **김치냉장고** <u>金母</u>.氣.年.張.姑 泡菜冰箱	nal.ro **난로** 難.樓 暖爐	e.eo.keon **에어컨** 愛.喔.空 冷氣機
da.ri.mi **다리미** 打.里.米 熨斗	deu.ra.i.eo **드라이어** 凸.拉.伊.喔 吹風機	di.beu.i.di.peul.le.i.eo **디브이디플레이어** 剃.布.伊.剃.普.淚.伊.喔 DVD 播放器
di.ji.teol.ga.jeon **디지털가전** 剃.奇.頭.哥.窘 數位家電製品	ra.di.o **라디오** 拉.剃.喔 收音機	pok.sa.gi **복사기** 伯.沙.給 影印機
pi.di.o **비디오** 皮.剃.喔 錄影機	pi.di.o.ka.me.ra **비디오카메라** 皮.剃.喔.卡.梅.拉 攝影機	se.tak.gi **세탁기** 塞.他課.給 洗衣機

si.gye	cheon.ja.ren.ji	cheon.ja.seo.jeok
시계	**전자렌지**	**전자서적**
細.給	窘.又.連.奇	窘.又.瘦.醜可
時鐘	微波爐	電子書

cheo.nywa.gi	ka.me.ra	tel.le.bi.jeon
전화기	**카메라**	**텔레비전**
窘.那.給	卡.梅.拉	貼.淚.皮.窘
電話機	照相機	電視

to.seu.teo	paek.seu
토스터	**팩스**
投.思.透	陪.思
烤麵包機	傳真機

16 飲料

Track ◎ **62**

mul	mi.ne.ral.wo.teo	cha
물	**미네랄워터**	**차**
母兒	米.耐.拉.我.透	擦
水	礦泉水	茶

keo.pi	hong.cha	ju.seu
커피	**홍차**	**쥬스**
摳.匹	紅.擦	救.思
咖啡	紅茶	果汁

kol.la **콜라** 口.拉 可樂	sul **술** 贖兒 酒	maek.ju **맥주** 妹.阻 啤酒
reom.ju **럼주** 摟母.阻 萊姆酒	so.da.ju **소다수** 嫂.打.樹 蘇打水	tong.tong.ju **동동주** 同.同.阻 濁米酒
so.ju **소주** 嫂.阻 燒酒	re.deu.wa.in **레드와인** 淚.的.娃.音 紅葡萄酒	hwa.i.teu.wa.in **화이트와인** 化.伊.特.娃.音 白葡萄酒
wi.seu.ki **위스키** 為.思.忌 威士忌	kak.te.il **칵테일** 卡.貼.憶兒 雞尾酒	syam.pe.in **샴페인** 香.片.音 香檳
peu.raen.di **브랜디** 布.蓮.弟 白蘭地	nok.cha **녹차** 濃.擦 綠茶	si.khye **식혜** 西.給 甜酒
in.sam.cha **인삼차** 音.山.擦 高麗人參茶		

 **水果**

gwa.il	ttal.gi	po.do
과일	**딸기**	**포도**
瓜．憶兒	大耳．給	普．土
水果	草莓	葡萄

sa.gwa	gyul	bok.sung.a
사과	**귤**	**복숭아**
傻．瓜	求兒	伯．順．阿
蘋果	橘子	桃子

ja.du	gam	bae
자두	**감**	**배**
叉．禿	甘	配
李子	柿子	梨子

geo.bong	su.bak	ja.mong
거봉	**수박**	**자몽**
哥．碰	樹．怕客	叉．夢
巨峰葡萄	西瓜	葡萄柚

cha.moe
참외
恰．妹
香瓜

bae.chu **배추** 配.醋 白菜	mu **무** 木 蘿蔔	ga.ji **가지** 哥.幾 茄子
dang.geun **당근** 當.跟 紅蘿蔔	gam.ja **감자** 甘.叉 馬鈴薯	kang.na.mul **콩나물** 空.娜.母兒 豆芽菜
yang.bae.chu **양배추** 洋.配.醋 高麗菜	yang.sang.chu **양상추** 洋.傷.醋 萵苣	si.geum.chi **시금치** 細.刻木.氣 菠菜
kkae.nip **깻잎** 跟.你 蘇子葉	u.eong **우엉** 屋.翁 牛蒡	ae.ho.bak **애호박** 愛.呼.怕客 韓國南瓜
bu.chu **부추** 樸.醋 韭菜	pa **파** 怕 蔥	go.chu **고추** 姑.醋 辣椒

Hi! Korean

ma.neul	yang.pa	han.geun
마늘	**양파**	**한근**
馬.呢耳	洋.怕	憨.滾
大蒜	洋蔥	1斤（600g）

pan.geun
반근
胖.滾
半斤（300g）

⑲ 建築物

Track ◎ **65**

keon.mul	bae.kwa.jeom	syu.peo
건물	**백화점**	**슈퍼**
空.母兒	配.誇.獎	羞.波
建築物	百貨公司	超市

pyeo.nui.jeom	a.pa.teu	u.che.guk
편의점	**아파트**	**우체국**
騙翁.你.獎	阿.怕.土	屋.切.庫
便利商店	公寓	郵局

eu.nyaeng	hak.gyo	ho.tel
은행	**학교**	**호텔**
運.狠	哈.教	呼.貼兒
銀行	學校	飯店

re.seu.to.rang	po.jang.ma.cha	no.jeom
레스토랑	**포장마차**	**노점**
淚.思.土.郎	普.張.馬.擦	努.求母
餐廳	路邊攤	賣小點心的攤販

su.jok.gwan	yu.won.ji.	pang.mul.gwan
수족관	**유원지**	**박물관**
樹.主.狂	有.旺.奇	胖.母.狂
水族館	遊樂園	博物館

mi.sul.gwan	gong.won	hwa.jang.sil
미술관	**공원**	**화장실**
米.贖兒.狂	工.旺	化.張.吸兒
美術館	公園	廁所

hwan.jeon.so	yeok	gae.chal.gu
환전소	**역**	**개찰구**
換.窘.嫂	有苦	給.差.姑
（外幣）兌換處	車站	剪票口

gong.hang	chu.yu.so	gyeong.chal.seo
공항	**주유소**	**경찰서**
工.航	阻.有.嫂	恐恩.差.瘦
機場	加油站	警察署

pa.chul.so	byeong.won	so.bang.seo
파출소	**병원**	**소방서**
怕.糗.嫂	蘋.旺	嫂.胖.瘦
派出所	醫院	消防站

Hi! Korean

20 交通工具

pi.haeng.gi	pae	taek.si	cheon.cheol
비행기	**배**	**택시**	**전철**
皮.狠.給	配	<u>特客</u>.細	窘.球
飛機	船	計程車	電車

chi.ha.cheol	peo.seu	ke.i.beul.ka
지하철	**버스**	**케이블카**
奇.哈.球	波.思	客.伊.不.卡
地鐵	巴士	電纜車

cha.jeon.geo	o.to.ba.i	ko.sok.do.ro
자전거	**오토바이**	**고속도로**
叉.窘.口	喔.投.爬.伊	姑.收.斗.樓
腳踏車	機車	高速公路

21 觀光景點

dong.dae.mun	nam.dae.mun	seo.ul
동대문	**남대문**	**서울**
同.貼.<u>目</u>嗯	男.貼.<u>目</u>嗯	首.爾
東大門	南大門	首爾

bu.san 부산 樸.傘 釜山	dae.gu 대구 貼.姑 大丘	kyeong.ju 경주 慶恩.阻 慶州
je.ju.do 제주도 採.阻.道 濟州島	kang.hwa.do 강화도 剛.化.道 江華島	in.cheon 인천 音.餐 仁川
pan.mun.jeom 판문점 胖.目嗯.求母 板門店	su.won 수원 樹.旺 水原	kong.ju 공주 工.阻 公州
pu.yeo 부여 樸.有 扶餘	dae.jeon 대전 貼.窘 大田	an.dong 안동 安.東 安東
chun.cheon 춘천 春.餐 春川	myeong.dong 명동 明.同 明洞	jong.ro 종로 窮.樓 鍾路
in.sa.dong 인사동 音.沙.洞 仁寺洞	tae.hang.ro 대학로 貼.哈恩.樓 大學路	i.tae.won 이태원 伊.太.旺 梨泰院

Hi! Korean

yeo.i.do

여의도

有.衣.土

汝矣島

ap.gu.jeong

압구정

阿.姑.窮

狎鷗亭

問題練習解答

問題練習 1

❷ 翻譯練習（中文翻成韓文）

1. 理由 (이유)
2. 牛奶 (우유)
3. 嬰兒 (유아)
4. 玻璃 (유리)

❸ 跟老師唸唸看

1. 아우 (弟弟)
2. 아이 (小孩)
3. 우유 (牛奶)
4. 으응 (嗯～)

❹ 聽寫練習

1. 아야	5. 유리
2. 이유	6. 어이
3. 우유	7. 유아
4. 아우	8. 이어

問題練習 2

❷ 翻譯練習（中文翻成韓文）

1. 傻瓜、笨蛋 (바보)
2. 都市 (도시)
3. 秘書 (비서)
4. 誰 (누구)

❸ 跟老師唸唸看

1. 주소 (地址)
2. 지구 (地球)
3. 휴지 (面紙、衛生紙)
4. 혀 (舌頭)

❹ 聽寫練習

1. 가구	5. 바보
2. 어디	6. 누구
3. 우리	7. 어리
4. 거기	8. 구두

問題練習 3

❷ 翻譯練習（中文翻成韓文）

1. 茶、車子 (차)
2. 餅乾 (쿠키)
3. 卡片 (카드)
4. T 恤 (티셔츠)

❸ 跟老師唸唸看

1. 코트 (大衣)
2. 커피 (咖啡)
3. 고추 (辣椒)
4. 우표 (郵票)

❹ 聽寫練習

1. 고추	5. 우표
2. 카드	6. 쿠키
3. 티셔츠	7. 코트
4. 차	8. 커피

問題練習 4

❷ 翻譯練習（中文翻成韓文）

1. 那麼 (또)
2. 剛才 (아까)
3. 哥哥 (오빠)
4. 離開 (떠나다)

❸ 跟老師唸唸看

1. 싸우다 (打架)
2. 가짜 (騙子)
3. 쏘다 (射、擊)
4. 꼬마 (小不點)

❹ 聽寫練習

1. 뺨	5. 꼬마
2. 떠나다	6. 가짜
3. 아까	7. 오빠
4. 쏘다	8. 싸우다

問題練習 5

❷ 翻譯練習（中文翻成韓文）

1. 注意（주의）
2. 醫生（의사）
3. 怪物 .（괴물）
4. 公司（회사）

❸ 跟老師唸唸看

1. 메뉴（菜單）
2. 예배（禮拜）
3. 시계（時鐘）
4. 교과서（教科書）

❹ 聽寫練習

1. 웨이브　　5. 귀
2. 취미　　　6. 원
3. 웨이터　　7. 의자
4. 의사　　　8. 뭐

輕圖解！

韓語發音

（18K＋MP3）

【韓語Jump 03】

■ 發行人／林德勝

■ 著者／金龍範

■ 設計‧創意主編／吳欣樺

■ 出版發行／山田社文化事業有限公司

　地址　臺北市大安區安和路一段112巷17號7樓

　電話　02-2755-7622

　傳真　02-2700-1887

■ 郵政劃撥／19867160號　大原文化事業有限公司

■ 總經銷／聯合發行股份有限公司

　地址　新北市新店區寶橋路235巷6弄6號2樓

　電話　02-2917-8022

　傳真　02-2915-6275

■ 印刷／上鎰數位科技印刷有限公司

■ 法律顧問／林長振法律事務所　林長振律師

■ 書＋MP3 定價／新台幣299元

■ 初版／2017年1月

© ISBN：978-986-246-455-7
2017, Shan Tian She Culture Co., Ltd.